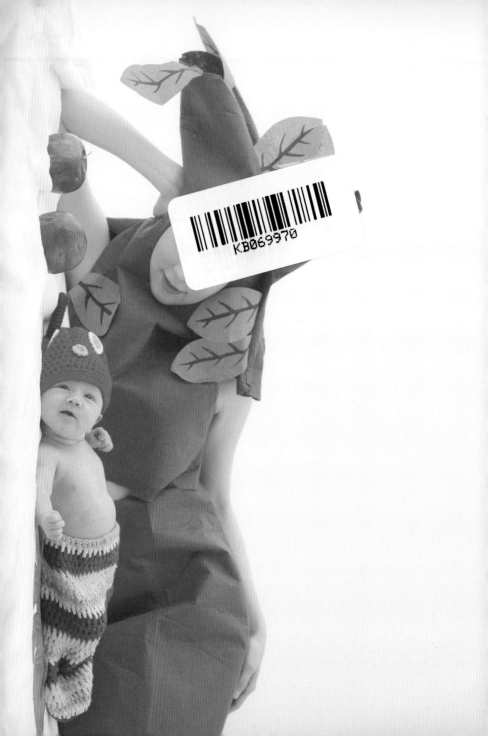

KB069970

아내 대신 엄마가 되었습니다

아내 대신
엄마가 되었습니다

사유리
에세이

I became a mother insteading a wife

"엄마, 나 지금 당장 아이를 낳아야겠어. 정자를 기증받아서."
"그래, 그럼 엄마가 병원 알아볼게."

이게 우리 엄마다.

"여보, 사유리가 정자를 기증받아서 임신을 했어."
"사유리만 안 죽으면 돼. 사유리만 죽지 않으면 난 상관없어."

이게 우리 아빠다.

"내 나이 마흔, 폐경이 코앞이다.
이젠 오직 임신 생각뿐이다."

이게 나다.

추천의 글

이것은 사랑이 많은 한 사람의 이야기다. 그가 또 다른 한 사람을 세상에 있게 만들기 위해 가진 것을 총동원하는 이야기다. 사유리가 일구는 삶은 눈이 부실 만큼 양지바르다. 그는 자기 자신과 세상의 얼굴을 똑바로 본 뒤 구분해낸다. 원하는 일과 원하지 않는 일이 무엇인지. 아무리 원해도 할 수 없는 일은 무엇인지. 아무리 어려워도 해낼 수 있을 만큼 간절히 원하는 일은 무엇인지. 개인의 욕망과 시대의 한계 사이에서 삶을 조율해내고 집중해내는 사유리의 힘은 경이로울 정도다. 나는 그가 자신과 아이의 몫이 아닌 짐을 어깨에 지지 않기를 바란다. 다른 엄마라면 결코 요구받지 않았을 책임감에 짓눌리지 않기를 바란다. 다만 이 사실은 분명하다. 사유리가 있는 세상과 없는 세상은 너무나 다르다. 사유리가 원하는 것을 전개하고 있다는 것만으로 커다란 용기를 얻는다. 이 시대에 이런 모습으로 나타나 살아가는 그에게 뜨거운 존경과 응원을 보낸다. 나는 사유리

〈 아내 대신 엄마가 되었습니다 〉

의 고민을 따라가고 싶다. 여러 사람이 함께 움직여야 해결되는 문제라면 기꺼이 동지가 되고 싶다. 그는 숨지 않는다. 약하지도 비겁하지도 않기 때문이다. 그런 사람이 쓰는 문장에서는 광채가 난다. 이 책은 사유리가 지닌 사랑의 광채로 가득하다.

이슬아 (작가, 헤엄 출판사 대표)

사유리가 처음 내게 임신 사실을 고백하던 날을 잊을 수 없다. 오랜만에 집에 놀러온 사유리의 표정을 보는 순간 직감했다. '그 일'이 벌어졌구나. 얼마나 간절히 엄마가 되고 싶어 했는지 알았기에, 선배 엄마로서 그것이 얼마나 큰 행복인지 알았기에 진심을 다해 축하해주었다. 내 친구도 이제 엄마의 행복을 느끼겠구나. 내 마음도 함께 벅차올랐다. 그날은 서로 행복한 이야기만 했다.

그러나 나도 사유리도 알고 있었다. 앞으로 넘어야 할 산이, 헤쳐 나가야 할 풍랑이 얼마나 높을지. 하지만 나는 믿는다. 누구보다 딱 부러지게 자신의 소신을 지키며 살아온 만큼, 앞으로도 어떤 상황에서든 흔들리지 않을 사유리를, 엄마가 되어 두려울 것이 없어진 단단한 사유리를. 항상 그래왔던 것처럼 사유리의 평생을 응원할 것이다. 멋지다, 내 친구! 이지혜 (방송인)

수년 전, 인생의 힘든 시기를 겪던 어느 날 사유리에게서 연락이 왔다. '고기 사줄게.' 홍대 앞 어느 고깃집에서 우리는 말없이 고기를 구웠다. 특별한 이야기는 하지 않았다. 위로도 응원도 없이 조용히 고기를 먹고 헤어졌다. 그런데 그날의 만남이 내게 너무나도 큰 힘이 되었다.

　　사유리는 다르다. 얼핏 보면 특이하다고 하겠지만, 누구보다 특별한 사람이다. 아이를 키워보니 사유리의 선택이 더 크게 다가온다. 누구도 걷지 않았던 길을 씩씩하게 개척해나가는 그 선택에 찬사를 보낸다. 사유리가 내게 말없이 구워주었던 고기처럼, 이 책이 많은 이들에게 힘과 위로가 되기를 바란다. 유리야 멋져! **오상진(방송인)**

　　'세상의 편견에 온몸으로 맞서다!' 그럴싸한 말이지만 결코 아무나 할 수 없는 일이다. 수없이 부딪히며 상처 입을 것이 뻔한데 그 길을 나서서 택할 사람이 얼마나 될까. 현실안주형 인간인 나로서는 걱정만 앞섰기에 책에 나온 대로 단호하게 반대 입장에 섰다. 하지만 사유리는 해냈다. 거대한 벽에 몸소 부딪히며 우리 사회에 화두를 던지고 많은 이들에게 용기를 주었다. 그녀의 굳건한 소신과 당당함에 감탄할 뿐이다. 그녀가 우리 사회에

《 아내 대신 엄마가 되었습니다 》

미치는 영향력에 감동할 뿐이다. 사유리가 얼마나 신중하고 깊이 있는 사람인지, 얼마나 따뜻하고 인내심 많은 엄마인지, 브라운관 너머의 인간 사유리를 이 책을 통해 만나보시길.

P.S. 유리짱, 둘째는 찬성이라네! 난 항상 용기 있는 자의 편이니까. 최원정(아나운서)

이제는 어엿한 엄마가 된 사유리 언니. 많은 사람들에게 독특하고 엉뚱한 캐릭터로 알려져 있지만 곁에서 지켜본 인간 사유리는 언제나 긍정적인 태도로 삶을 대하는 따뜻하고 강인한 사람이다. 나 역시 언니로부터 긍정 에너지와 용기를 듬뿍 얻었기에, 언니의 모든 행보를 응원해왔다.

그녀가 홀로 젠을 출산했다는 소식을 들었을 때도 누구보다 아이를 기다려온 간절한 마음을 알았기에 주저 없이 축하할 수 있었다. 세상의 편견에도 당당하게 정면 승부하는 그 담대함을 사랑하지 않을 수 없다. 사유리는 비혼 출산을 권하지 않으면서도 젠을 위해 헌신하는 모습으로 담담히 새로운 가족을 우리에게 보이고 있다. 앞으로도 나의 사랑스럽고 자랑스러운 친구 사유리의 삶에 무한한 지지를 보낼 것이다. 박은지(방송인)

프롤로그

나의 전부 젠에게

초음파 화면으로 너를 처음 본 순간부터

죽을 고비를 넘기며 너를 낳던 날까지도 믿기지 않았어.

지금도 아침에 일어나면 네가 세상에 정말 존재하는지,

모든 게 꿈은 아닌지 제일 먼저 확인한단다.

네가 내 옆에서 아무런 걱정도 없는 표정으로

쌔근쌔근 잠들어 있는 모습을 보면서 살아갈 이유를 찾게 돼.

2020년 11월 4일, 네가 태어나던 날

나도 이 세상에 다시 태어나는 기분이었어.

새하얀 도화지에 처음으로 물감을 떨어트릴 때처럼,

설레고, 떨리고, 조심스럽고, 무서웠어.

그날의 마음을 절대 잊지 못할 거야.

(아내 대신 엄마가 되었습니다)

지금까지 아무것도 성공하지 못한 내가

젠 너를 태어나게 하는 일만큼은 유일하게 성공했어.

너를 세상에 태어나게 하려고, 내가 태어난 게 아닐까?

그런 생각이 들어.

나는 다른 사람들의 시선을 신경 쓰기보다

내가 원하는 삶에 집중하고 싶었어.

그래서 나보다 소중한 너를 얻을 수 있었어.

내가 너를 가졌을 때, 우리를 응원해주는 사람도,

우리를 나쁘게 바라보는 사람도 있었어.

그런데 젠, '욕을 먹으면 오래 산다'는 말이 있잖아.

너랑 하루라도 더 오래 함께할 수 있다면

남들에게 욕먹는 것도 나쁘지 않은 것 같아.

네 작은 손을 잡고 있으면 어떤 일도 극복할 수 있어.

너와 함께라면 아무것도 두렵지 않아.

사랑해.

2021년 9월

엄마 사유리가

Contents.

Part 1

어떤 가족

내 가족

"사유리, 너 남자친구 있어?"

"없어."

"잘했네. 네가 이 세상의 남자 한 명을 구했어."

놀랍게도 이것은 아빠와 딸의 대화다. '우리 딸 이렇게 예쁘고 착한데 왜 남자친구가 없을까, 남자들 눈이 삐었나 보다'라고 해도 모자랄 판에 불쌍한 남자 하나를 구했다니. 이게 아빠라는 사람이 할 소리인가!

"아빠, 한국에서 온 우리 반 남자애가 나한테 빠가(바보)라고 했어!"

"그 애 참 똑똑하네. 네가 바보인 걸 바로 알아채다니. 앞으로 친하게 지내."

아빠는 내가 어릴 적부터 이랬다. '누가 우리 딸한테 바보래? 우리 딸이 얼마나 똑똑한데 그것도 못 알아보고, 그 애가 바보인가 보다'라고 하기는커녕 딸을 놀리는 아이를 똑똑하다고 칭찬하다니. 이게 아빠가!

어릴 때는 무조건 내 편이 되어주지 않고 상황을 객관적인 시각으로 바라보는 부모님에게 서운한 마음이 들기도 했다. 내 딴에는 억울하고 화나는 일이 있어 엄마 아빠에게 달려가 하소연을 하는데, 부모님은 말뿐인 위로보다 '팩트'를 말하는 편이었으니까. 하지만 지금 그 시절을 돌이켜보니 감사하다. 만약 그때 아빠가 무턱대고 내 편만 들어주었다면 그 친구에 대해, 나아가 한국인에 대해 편견을 갖게 되었을지 모른다. 생각해보면 그 친구는 일본에 온 지 얼마 되지 않아 그저 할 줄 아는 몇 가지 일본어를 방어적으로 사용했을 뿐이다. 그런 복잡한 사정을 어린 나에게 이해시키려 하기보다는 농담처럼 대수롭지 않게 넘겨버린 아빠 덕분에 지금 그 한국인 남자아이의 속내를

(아내 대신 엄마가 되었습니다)

다시 헤아려보게 되었다.

"우리 엄마가 너랑 놀지 말래. 바보랑 놀면 바보가 옮는데." 한번은 친한 친구에게 이런 말을 듣고는 속상한 마음에 함께 있던 또 다른 친구의 손을 잡고 울면서 엄마에게 갔다. 엄마는 내 말을 듣더니 "그래? 그럼 엄마도 바보니까 같이 울어버리자!"라면서 아이스크림을 내왔다. 우리 세 사람은 조금 전까지의 일을 까맣게 잊고 맛있게 아이스크림을 먹었다.

아들딸의 편을 들며 상대를 같이 욕하는 건 쉬운 일이다. 그러나 부모님은 그런 행동이 내 미래에 도움이 되지 않는다는 걸 알았다. 내가 누군가로 인해 상처받고 슬플 때, 그 사람을 탓하고 욕하는 건 의미 없는 짓이다. 도리어 그런 태도가 자신을 돌아볼 기회마저 빼앗아버린다. 그래서 부모님도 나를 그렇게 키우신 게 아닐까? 딸이 상처받는 모습이 안쓰럽다고 무작정 달래주기보다 지금은 조금 더 울더라도 나중에 다시 한번 스스로 생각해보기를 바라며 더 번거롭고 귀찮은 쪽을 선택한 나의 엄마와 아빠. 두 분 덕분에 나는 모든 시선에 열려 있고 어떤 상황에서도 즐거움과 행복을 찾는 씩씩한 마음을 갖게 되었다.

삶을 농담처럼 대하는 법도 부모님에게 배운 것이다. 대책 없는 긍정이나 막연한 낙관은 아니다. 괴롭고 어려운 일이 있어도 일단 한번 웃어넘기고 나면 같은 상황도 전혀 다르게 느껴지거나 실제로 달라져 있기도 한다. 한 걸음 건너뛰고, 두 걸음 뒤로 물러서면서 상황을 객관적으로 보게 되는 것이다. 그런 태도가 내게 세상을 새롭게 바라보는 시선을 선물해주었다.

천방지축이던 어린아이를 이렇게 단단한 사람으로 자라게 해준 내 부모님처럼, 나 역시 내 아이와 그런 관계를 맺고 싶었다. 결혼을 하고, 아기를 낳고, 아이를 기르며 행복한 가정을 꾸리는 일. 너무 자연스러워서 거창한 꿈이라고 생각해본 적조차 없다. 언제부터였는지 헤아릴 수도 없다. 그저 나도 모르게 '시간이 지나고 나이를 먹으면 저절로 아내가 되고 엄마가 되어 있겠지'라고 생각한 것 같다.

비혼 출산이라는 길을 걷는 나를 엄청나게 특별한 삶의 방식을 선택한 기인으로 여기는 시선이 그래서 조금은 부담스럽다. 나는 그저 결혼과 출산과 육아가 없는 미래를 그리지 못한 것이다. 모두들 나를 대단히 용기 있는 사람으로 추켜올리지만 나는 아이가 없는 삶을 포기할 용기를 내지 못했을 뿐이다. 지금의 젊은 사람들은 결혼하지 않는 삶도, 결혼은 하더라도 아이 없이 사는 삶도 자유롭게 상상하는데, 나는 그런 면에서 오히려 평범하게 나이 든 사람에 가깝다. 명절에 만나면 결혼은 언제 할 건지, 아이는 언제 낳을 건지 묻는 고모나 숙부 같은 사람들 말이다.

그런데 문득 정신을 차려보니 마흔은 코앞이고, 임신은커녕 결혼도 아직이고(어쩌면 못 할지도 모르고), 곧 폐경이 올 수도 있겠다는 산부인과 의사의 청천벽력 같은 진단을 들었으니 임신에 집착하게 된 건 당연한 수순이었달까.

난자를 얼리자

"우리, 난자를 얼리자."

방송 활동을 하며 친분을 쌓은 지혜와 산부인과 검진을 받고 난자를 냉동하기로 했다. 내 자궁 나이가 41세라는 진단을 받은 직후였다. 흔히 난소 나이를 측정하는 '난소 예비능' 검사로 알려진 AMH(항뮬러관호르몬) 검사 결과가 마흔한 살 여성의 수치와 비슷하게 나온 것이다. 그때가 2017년, 내 나이는 서른일곱이었다. 〈사유리, 절친 이지혜와 '난자 냉동 보관 중', "아빠 빨리 데리고 올게"〉 기사도 났다.

그러다 2019년에 생리 불순으로 다시 찾은 산부인과에서 AMH를 재검사했는데, 난소 나이가 마흔여덟이라는 말을 들었다. 불과 2년 만에 난소와 자궁의 상태가 7년의 시간만큼 노화한 것이다. 여자는 일반적으로 약 50세에 폐경을 맞는다. 한국 여성은 49.9세, 일본 여성은 48.9세가 평균 폐경 나이라고 한다. 그러니까 마흔여덟 살의 자궁을 가진 나는 내일 당장 폐경을 맞아도 전혀 이상하지 않은 상황이었다. 그렇게 생각하자 눈앞이 깜깜해졌다. 이대로 영영 임신을 못 하게 되면 어쩌지? 평생 아기를 갖지 못하게 되는 걸까? 가슴이 철렁 내려앉았다. 살면서 그처럼 큰 절망에 빠져본 적이 없다. 내 삶에 아이가 없다니. 상상만으로도 온몸이 아팠다. 너무 슬퍼서 누구도 만나고 싶지 않았다. 우울해서 집 안에만 틀어박혀 지냈다. 누가 봤다면 이미 폐경이 온 줄 알았을 것이다. 동시에 이러다 진짜 시간이 지나버리면 기회가 다시는 없을 거라고 생각하니 마음이 조급해졌다. 그나마 몇 년 전에라도 난자를 냉동해두길 잘했다고 생각하면서 가슴을 쓸어내렸다.

난자 냉동은 노화의 결과로 임신 가능성이 낮아질 것을 대비해 현재의 난자를 채취해 얼려두는 시술이다. '난자 동결 보관 시술'이라고도 한다. 여성이 평생에 걸쳐 생산할 수 있는 난자의 총량은 정해져 있고, 난자의 가임력은 시간이 지남에 따라 점차 떨어지기 마련이다. 나이가 들면 흰머리가 나고 주름이 생기는 것처럼 누구도 거스를 수 없는 자연의 섭리다. 예전에는 조기 폐경이 의심되거나 항암 치료를 받아 가임력이 급격히 손상될 가능성이 있는 사람만 이 시술을 받았는데, 요즘에는 경제활동 등의 이유로 결혼과 출산을 미루는 경우가 많다 보니 의학적으로 문제가 없는 건강한 여성들도 난자 냉동 시술을 점차 많이 받고 있다고 한다. 젊을 때 미리 난자를 냉동해두면 나이가 들었을 때의 난자 가임력과 무관하게 임신 가능한 나이까지 시간을 유예할 수 있으니까.

이때 핵심은 젊고 건강한 난자를 냉동하는 것이다. 그러니까 나와 지혜는 이미 좀 늦은 감이 있었다. 대개 만 서른다섯을 기준으로 생산되는 난자의 개수가 급격하게 줄어드는 데다가 난자의 건강 상태도 20대와 30대는 큰 차이가 있다. 그래서인지 미국에서는 딸의 대학 졸업을 기념해 난자 냉동 시술을 선물하는 부모도 있다고 한다. 20대 초반의 건강한 난자를 냉동해두면 임신 시기를 본인의 의지와 계획에 따라 보다 자유롭게 결정할 수 있으니 딸에게 미래의 선택권과 가능성을 선물하는 셈이다. 마흔이 될 때까지 아이를 갖지 못하리라고는 꿈에도

〔 아내 대신 엄마가 되었습니다 〕

생각하지 못했기에 20대로 돌아간다 해도 쉽게 결정하지는 못했겠지만 나도 이런 시술이 있다는 정보를 조금 더 빨리 알았더라면 고민이라도 해보지 않았을까? 왜 이런 정보를 아무도 알려주지 않은 걸까?

난자를 냉동했다는 내 기사를 보고 자신도 시술을 받기로 했다며 연락을 해오는 지인이 여럿 있었다. 그런데 그들의 나이도 대부분 서른여덟 혹은 서른아홉, 30대 후반이었다. 안타까운 마음이 들었다. 결혼한 부부라면 차라리 지금 임신을 시도하는 게 훨씬 나을 텐데. 30대 후반은 난자를 보관해둔다 해도 시험관 시술 단계에서 해당 난자를 사용하지 못할 가능성이 높고 임신 성공률도 크게 떨어진다.

나 역시 급한 대로 냉동해둔 난자가 있었지만 걱정은 끝나지 않았다. 냉동 시기도 늦은 데다 나는 미혼이었다. 오랫동안 만나온 남자친구가 있었지만 그는 결혼과 출산을 원하지 않았다. 자신은 '아직' 결혼 생각이 없다고 했다. 지금 돌이켜보면 정말 결혼 의사가 없었거나 나를 향한 마음이 '결혼할 만큼'은 아니었거나 둘 중 하나다. 당시의 나도 머리로는 알고 있었다. 그럼에도 그때는 그 사실을 인정하고 싶지 않았다. 그 앞에서 결혼과 아이 이야기를 거듭 꺼내어 싸우면서도 그 '아직'이라는 말에 희망의 끈을 놓지 못했다. 언젠가는 우리가 결혼할 수 있지 않을까? 아이를 낳아 함께 기를 수 있지 않을까? 이때까지만 해도 나 역시 다른 많은 사람들처럼 결혼 후 출산이라는 평범한 과정을 따라야 하고, 따르고 싶고, 따를 것이라고 당연하게 생각하고 있었다. 그 외의 선택지는 없었다. 방송에서 말한 것처럼, 머지않아 '내 난자의 아빠'가 되어줄 사람과 결혼해 아이를 낳아 함께 살게 될 거라고 철석같이 믿었다.

〈 아내 대신 엄마가 되었습니다 〉

벼랑 끝 선택

"유리야, 결혼이 싫다는 남자한테 결혼해서 아이를 갖자고 강요하는 건 폭력이야."

엄마는 내게 남자친구를 힘들게 하지 말라고 했다. 외할아버지의 극심한 반대를 무릅쓰고 2층 창문에서 맨발로 뛰어내려 도망을 치면서까지 사랑하는 남자와 결혼하려 했던 엄마는 내게도 항상 '사유리 네가 사랑하는 사람이라면 그 누구와 결혼해도 좋다'고 말하곤 했다. 하지만 남자친구와 달리 일방적으로 결혼을 원하며 조금씩 상처받는 나를 보면서는 내 욕심 때문에 상대를 괴롭히지는 말자고 스스로를 다독였다. 그건 모두를 불행하게 하는 짓이야.

결혼과 아이만 아니라면 나와 남자친구는 지금껏 그래왔던 것처럼 계속해서 행복하게 함께할 수 있었다. 그리고 시간이 더 지나면 남자친구도 결혼에 마음을 열었을지 모른다. 그런데 혹여나 우리가 헤어지게 되면? 그게 몇 년쯤 지난 후라면? 그때는 다른 사람을 새로 만나 결혼을 하더라도 내 몸으로 아이를 낳을 수는 없을 텐데. 그때 내가 지금의 남자친구를 원망하지 않을 수 있을까? 이 사람은 얼마든지 새로운 사람을 만나 결혼도 하고 아이도 가질 수 있을 텐데, 나는 아니잖아. 끊임없이 최악의 상황을 상상하게 되었다. 그때 지금의 남자친구를, 나의 선택을, 나를 탓하지 않을 자신이 없었다. 원망과 설움과 분노를 몸속에 가득 쌓은 채로 평생을 살아가는 나이 든 사유리가 자꾸만 머릿속에 어른거렸다. 절대로 그렇게 되고 싶지 않았다.

그럼 지금 당장 남자친구와 헤어지고 새로운 사람을 만나야 하나? 내게 주어진 시간은 길어야 1~2년이었다. 가임기는 지나도 한참을 지나 있었고 슬슬 생리 주기도 불규칙해지고 있었다. 시간 내에 일을 해치우려면(?) 선을 보거나 소개를 통해 남자를 만나 하루빨리 결혼해야 했다. 물론 사랑이 무르익지

〈 아내 대신 엄마가 되었습니다 〉

않은 때에 결혼해서 천천히 애정을 키워가는 부부도 있다. 불같은 사랑을 해야지만 결혼할 수 있는 건 아니다. 다만 나는 그런 성향이 아니었다. 함께 오랜 시간을 보낸 다음에야 사랑을 확신하는 타입이었고, 오로지 아이를 갖기 위해 충분한 사랑이 없는 채로 결혼에 뛰어들 수 있는 사람이 아니었다.

그때 내가 조금 더 어렸더라면 다른 선택을 했을지 모른다. 서른다섯만 되었어도 분명 남자친구를 몇 년쯤 더 기다렸을 것이다. 하지만 나는 벼랑 끝에 서 있었다. 이제 내 앞의 선택지라고는 아이가 없는 삶과 있는 삶뿐이었다. 그 외의 길이 보이지 않았다.

남자친구와 헤어지는 일이 쉽지는 않았다. 상대를 향한 마음이 식었다거나 그가 싫어졌다거나 새로운 사랑이 생겼다는 이유가 아니라서 더 힘들었다. 그런데 이별과 임신 시도를 두고 어렵게 마음을 저울질할 때 프랑스인 친구 하나가 내 이야기를 듣더니 이런 조언을 해주었다.

"유리야, 네 앞에는 옵션이 세 가지 있어. 손톱을 자를지, 손가락을 자를지, 팔을 자를지. 지금 남자친구와 헤어지는 건 손톱을 조금 잘못 자르는 일이 될 거야. 잠시 따끔하고 잊어버리는 거지. 하지만 그 아픔이 싫어서 이대로 두다가 네가 영영 임신할 수 없는 몸이 되면 그때는 손가락, 아니, 팔을 자르는 고통을 느끼게 될걸. 이제 네 선택에 달렸어. "

친구의 단호한 말을 듣고 나니 안개 낀 것처럼 뿌옇던 마음이 선명해지는 느낌이었다. 그 덕분에 결단을 내릴 수 있었다. 지금이라면 결혼은 못 해도 임신은 할 수 있다. 내게는 내 몸이 있다. 아직은 아이를 낳을 수 있는 몸이.

"엄마, 나 아이를 가져야겠어. 지금 당장. 정자를 기증받아서."

"그래, 알겠어. 아이를 낳자고 사랑하지 않는 사람과 결혼하지는 마. 엄마가 병원 알아볼게."

(아내 대신 엄마가 되었습니다)

산 넘어 산

그러면서도 엄마는 먼저 입양을 권했다. 하지만 싱글 여성의 자녀 입양은 한국에서도 일본에서도 거의 불가능하다. 한국의 경우 독신자도 입양을 할 수 있도록 2007년에 법이 개정되었지만 그 조건이 결혼한 부부보다 훨씬 까다롭고 최종적으로 법적 입양을 승인, 인정받기까지 시간도 무척 오래 걸린다. 마지막에는 가정법원에서 판결을 받아야 하는데 2017년에 독신자로 입양을 인정받은 사례가 단 세 건이라고 하니, 어떻게 보면 정자를 기증받아 홀로 임신을 하는 것보다 확률이 더 낮은 셈이었다. 심지어 일본은 독신자 입양이 법적으로 완전히 금지

되어 있었다.

결론은 자꾸만 임신으로 향했다. 가능하다면 직접 낳고 싶은 욕심도 컸다. 난자도 얼려두었겠다, 더 늦기 전에 시도라도 해보고 싶었다. 한국에서 생활한 지 15년이 넘었고 앞으로도 한국에서 살 예정이기 때문에 처음에는 한국의 산부인과를 찾아갔다. 그러나 한국의 산부인과에서는 미혼 여성이 시험관 시술을 받을 수 없었다. 의사에게 '불법'이라는 설명을 들었는데 나중에 알고 보니 불법이라는 법적인 근거는 없었다. 하지만 산부인과학회의 내부 규정에 따라 병원에서 시술을 거부하고 있었다.

법적 배우자가 아닌 사람의 정자로 체외 수정 시술을 해주면 추후 정자를 기증한 생물학적 친부가 찾아와 아기의 개인 정보를 요구할 때 문제가 발생할 수 있어 이를 원천적으로 차단하기 위해 의료계가 마련해둔 일종의 관행이었다. 그동안 난임 시술을 받으려는 미혼 여성의 수요 자체가 거의 없었기 때문에 이 규정이 크게 문제가 되지 않았던 것이다. 기운이 쭉 빠졌다. 내가 여기서 법적 분쟁을 벌일 수도 없는 노릇 아닌가. 내게는 시간이 없었다. 고작 2년 동안 내 난소와 자궁은 7년의 세월을 맞았다. 일분일초가 아쉬운 상황이었다. 내 몸의 임신 가능성이 하루가 다르게 낮아지고 있었다. 몸 안에 시한폭탄을 안고 사는 느낌이었다.

엄마의 도움을 받아 미혼 여성도 시술을 받을 수 있는 나라를 찾아보기 시작했다. 미국이 가장 먼저 떠올랐다. 주마다 다르긴 하지만 대체로 싱글 여성의 출산에 대해서도 비교적 관대한 분위기이고 동성 커플도 어렵지 않게 시험관 시술을 받는 곳이니까. 난임 시술을 전문으로 하는 하와이의 병원을 연결시켜 주고 그 과정 동안 체류 비자와 숙박까지 모든 것을 도와주는 업체도 있었다.

"사유리 씨, 시험관 시술은 한 번에 성공하는 경우가 거의 없어요. 실패할 때마다 다시 하와이에 가거나 임신에 성공할 때까지 머물러야 하고 비용도 만만치 않을 거예요." 시험관 시술을 하러 가는 데만 체류 비용까지 모두 합해 5천만 원가량이 든다고 했다. 거기다 시술에 실패해서 재시술을 받을 때마다 약 7백만 원을 추가로 지불해야 한다. 나 역시 적어도 다섯 번은 시술받아야 할 것이다. 만약 하와이로 간다면 최소한 1년은 그곳에 머물러야 했다. 경제적으로도 현실적으로도 나에게는 큰 부담이었다.

그런데 뜻밖에도 일본에서 시험관 시술을 받을 수 있다는 정보를 얻었다. 일본에는 부모님도 있고 가까워서 일주일에 몇 번도 오갈 수 있으니까, 당장 일본에 가자. 마음을 먹었는데 또 눈앞에 벽이 나타났다. 한국에서 냉동한 난자는 국외로 반출이 불가능했다. 기껏 냉동해둔 내 난자를 사용할 수 없다니. 정말이지 내 몸과 의지만으로 되는 일이 절대 아니구나. 결혼하지 않고 아이 갖기가 이렇게나 힘든 일이구나. 한 고개를 넘었다 싶으면 또 다른 고개가 나왔다. 결국 한국에서 냉동한 내 난자는 그렇게 무용지물이 되었다.

일본에서 난자 채취부터 다시 시작하기로 했다. 난자 채취는 여러 개의 난포가 성장하도록 미리 배란 유도제를 맞고, 배란이 되면 마취를 한 후 난소에 주삿바늘을 넣어 난자와 난포액을 뽑아내는 단계를 거친다. 이렇게 채취한 난자와 기증받은 정자로 시험관 수정과 배아(수정란) 자궁 이식을 시도한다. 착상에 실패하면 매달 이 과정을 반복한다. 하루가 멀다 하고 병원에 가서 주사를 맞고 약을 먹어야 하는, 정신적으로도 신체적으로도 힘들고 지난한 과정이었다. 그럼에도 불구하고 임신을 위해 드디어 무언가 하고 있다는 데 깊은 안도감이 들었다. 그 감각이 큰 위로가 되었다.

그나마 정자 채취 과정은 난자 채취 과정만큼 위험하거나

〈 아내 대신 엄마가 되었습니다 〉

어렵지 않아 다행이었다. 정자 채취 방법까지 복잡하고 힘들었다면 정자를 기증하는 이가 지금보다 훨씬 적었을 테고, 싱글 여성으로 정자를 기증받아 시험관 시술을 받기는 하늘의 별 따기였을 것이다.

정자는 서양인의 것을 받았다. 이 사실에 의아해하는 사람도 있다. 하지만 아시아인 중 정자를 모르는 이에게 기증하려는 사람은 거의 없다. 흑인도 많지 않다. 동양인과 흑인을 포함한 유색인종에게는 '정자를 타인에게 기증한다' 혹은 '정자를 나누어준다'는 개념이 아직 낯설기 때문인 것 같다는 이야기를 들었다.

더구나 나는 정자의 국적을 따질 때가 아니었다. 그리고 내가 사랑하는 사람이 아닌, 알 수 없는 상대의 정자라면 내가 그 우열을 가릴 수는 없다. 어차피 기증자의 현재 모습을 추측하거나 특정할 수 있는 외모 정보는 제공되지 않는다. 다만 알코올중독이나 흡연 및 음주 여부, 질병이나 알레르기 유무, 기증자의 성격이나 성향, EQ 등 제공되는 정보들은 꼼꼼히 살펴보았다. 어떤 특징이 어떻게 내 아이에게 전해질지 모르는 일이니까. 물론 건강이 가장 중요했다. 정자가 건강해야 임신 성공률도 높다.

담배를 피우거나 술을 좋아하는 기증자는 제외했다. 이미 내 쪽에 유전 질환을 앓고 있는 부계 친척이 있어서 유전되는 질병이 없는 정자를 받아야 했다. 더불어 정서가 안정되고 감정이 풍부한 사람으로 자랐으면 하는 바람을 담아 EQ가 높은 기증자의 정자를 선택했다. 그 기증자가 운동을 좋아하고 차분하며 끈기 있는 성격이라고 해서 더 호감이 갔다. 나는 항상 내게 끈기가 부족하다고 느껴왔는데, 나와 다른 성격을 가진 기증자의 정자가 내 쪽의 모자란 면을 채워주길 바랐다. IQ는 내게 크게 중요한 요인이 아니었다.

미국 등지에서 시험관 시술을 받으면 배아(수정란)의 성별을 확인한 후 자궁으로 이식할 수도 있다(※한국과 일본에서는 성별 선별 배아 이식을 법적으로 금하고 있다). 이때 다운증후군 등 염색체 이상 질환을 미리 확인해서 해당 배아를 이식에서 제외할 수도 있다. 만약 내가 하와이에서 시술을 받았다면 배아의 성별을 확인해 이식을 받을 수 있었을까? 나중에 일본 난임센터의 선생님에게 넌지시 물어보니 배아의 성별을 확인하려면 자궁 밖에서 배아를 며칠 더 배양해야 하는데 내 경우에는 그러면 임신 성공률이 낮아진다고 했다. "아이를 무조건 갖고 싶은 거라면 가장 건강한 배아로 때맞춰 이식하는 게 제일 좋아

〈 아내 대신 엄마가 되었습니다 〉

요." 이식받은 배아의 성별이 무척 궁금했고 내심 '이 성별이면 좋겠다' 하는 마음도 있었지만 내게 주어지지 않은 것에 대해서는 욕심 부리지 않기로 했다. 일단 임신. 무조건 임신. 내게는 그것이 가장 간절했다.

주인 잃은 난자

일본에서 시술을 받게 되면서 한국에 냉동해둔 일곱 개의 난자가 쓰임을 잃게 되었다. 유튜브 영상을 통해 한국에 남은 냉동 난자를 어떻게 하면 좋을지 모르겠다고 얘기했더니 SNS로 엄청나게 많은 메시지가 쏟아졌다. 남은 난자를 자신에게 기증해달라는 요청이었다. 모두가 저마다 간절한 사연을 갖고 있었다.

어차피 난자를 일본으로 가져갈 수 없다면 남자들이 정자를 기증하는 것처럼 나도 냉동해둔 내 난자를 타인에게 기증할 수 있지 않을까 생각했다. 그러나 난자 기증은 법적으로 금

〈 아내 대신 엄마가 되었습니다 〉

지되어 있다. 아마도 정자 기증 과정과 달리 난자 채취 과정에는 배란 유도제 투입과 마취 등 몸에 주삿바늘을 꽂아야 하는 침습적 행위가 포함되어 기증자의 신체를 위협할 수 있고 쉽게 매매로 이어질 수 있어서가 아닐까 하고 어렴풋이 짐작만 해본다. 혈액이나 장기 매매가 법으로 금지된 것과 비슷한 이유겠지. 그래서인지 시험관 시술을 위해 난자를 채취해둔 사람이 수정과 임신에 성공한 뒤 남은 난자라도 남에게는 기증할 수 없고, 친자매 간 기증이나 의학적 연구 목적의 기증만 가능하다고 한다.

그런데 난자 공여의 합법 여부와 관계없이 내 냉동 난자는 너무 늙었다. 서른일곱에 채취한 난자이기 때문에 그 질이 20대의 것과는 비교도 할 수 없을 정도로 좋지 않다. 실제로 시술에 사용할 수 있을지도 불투명하다. 그럼에도, 그런 난자라도 기증받고 싶다는 사람이 너무 많았다. 그중에는 20대 난임 부부도 있었다. 얼마나 간절한 마음일지, 얼마나 절실하면 나에게까지 메시지를 보냈을까 싶어 가슴이 아팠다. 나 역시 무척 어렵게 임신을 시도하고 있었으므로 그 마음이 이해되어 안쓰럽고 안타까웠다.

누군가는 나를 임신 출산 전도사처럼 바라보기도 하지만 나는 오히려 고민 없는 임신과 출산을 반대하는 입장에 가깝다. 지나치게 어린 나이에 아이를 갖는 것도 가능하면 말리고 싶다. 준비 없이 부모가 된 사람들이 아이를 얼마나 불행하게 하는지, 얼마나 비극적인 결말을 맞이하는지, 끔찍한 일들을 우리는 너무 많이 봐왔다. 다만 임신과 출산을 간절하게 원하고 부모가 될 준비를 마친 사람들이 벼랑 끝에 내몰리지는 않으면 좋겠다. 최소한 제도와 법이 그들의 노력과 시도를 가로막지는 않기를 바란다.

그런 의미에서 난자 냉동 시술 등에 대한 정보도 더 널리 알려지면 좋겠다. 물론 정보를 얻는다고 해서 모두가 같은 선택을 하지는 않겠지만 나처럼 그런 것이 있다는 사실을 '몰라서' 때를 놓치지 않았으면 한다. 최근에는 남녀 할 것 없이 사회에 진출하는 평균 나이대가 높아지고 있고 결혼 시기도 갈수록 늦어지는 추세니까. 임신과 출산에 조금이라도 의지가 있다면 20대 때 한 번쯤은 진지하게 고민해보고, 관련 정보에 관심을 가져보기를 바란다. 비용도 만만치 않고 쉽게 결정할 일은 아니지만 말이다.

20대의 젊은 나이에 구체적인 미래를 그리기는 어렵겠지

〈 아내 대신 엄마가 되었습니다 〉

만, 현재 임신 계획이 없다고 해도 사람의 생각은 시간이 지나면서 변하기도 하니까. 또 내가 모르는 사이에 내 몸이 얼마나 어떻게 변할지 우리는 예측할 수 없으니까. 최소한 이런 방법이 있다는 정보가 조금 더 널리 알려지는 것이 좋은 방향이라고 생각한다.

특급 임신 작전

　　엄마가 먼저 두 팔을 걷고 뛰어준 덕분에 일본에서 다시 처음부터 병원이나 의사 선생님을 알아보지 않아도 되었다. 엄마는 딸을 위해 난임센터를 겸한 산부인과를 찾고 미리 상담까지 받아두었다. "딸이 싱글인데 정자 기증을 받아 시험관 시술을 받고 싶어 해요. 가능할까요?" 아마 수많은 질문이 따라붙었을 것이다. 그럼에도 엄마는 내게 다시 생각해보자거나 이쯤에서 그만두자는 말을 절대 하지 않았다. 그저 내 뜻을 믿고 따라주었다. 만약 일본에서 안 되었다면 지구 끝까지 가서라도 병원을 찾아내 방법을 알아봐 주었으리라. 영어로 되어 있는 온

라인 정보를 확인하기 위해 오빠를 동원하기까지 했으니 만약 다른 나라로 가야 했다면 엄마는 기꺼이 내 손을 잡고 어디로 든 동행해주었을 것이다.

엄마 덕분에 나는 한국에서 받은 검사지만 들고 일본으로 가서 바로 다음 단계를 밟을 수 있었다. 역시 일본의 병원에서 도 내 나이는 큰 걸림돌이 되었다. "생각보다 수치가 더 안 좋네요. 자궁 나이가 너무 많아요." 한국에서 몇 번이나 검사를 받으며 단단히 각오를 해두었는데도 마음이 철렁 내려앉았다. 일본에서 다시 검사를 받으면서 여기서는 조금 다르지 않을까, 내심 그렇게 생각했나 보다. 기대와 달리 진단은 비슷했다. 지금 당장 시험관 시술을 받아도 임신이 안 될 수 있고, 시술을 받더라도 다섯 번 중 한 번 성공할까 말까 하는 상태라고. 하지만 지금으로서는 이 방법밖에 없고, 일단 더 늦기 전에 시도해보자는 선생님의 말에 용기를 냈다. 그래도 하와이까지 안 가도 되잖아. 엄마가 있는 여기서, 일을 하면서 노력해볼 수 있잖아.

물론 일본에서 임신을 시도하는 일도 결코 쉽지는 않았다. 당시에도 나는 한국에서 생활하며 방송 프로그램에 고정 출연하고 있었는데 시술을 받기 위해서는 배란일 등 정해진 날 반드시 일본의 난임센터에 방문해야 했다. 그러다 하필 KBS〈이웃집 찰스〉녹화일 바로 다음 날 병원 방문일이 잡히고 말았다. 내원 날짜를 조율할 수도 없고 나 이외에도 출연진이 많은 〈이웃집 찰스〉측에 "제가 임신 준비 중인데 내일이 배란일이라서 일본에 가야 하니 녹화일을 바꿀 수 있냐"고 할 수도 없는 노릇이었다. 하는 수 없이 녹화가 끝나고 곧장 공항으로 가기로 했다. 아니면 녹화 다음 날 이른 아침 비행기를 타고 일본 공항에 내리자마자 병원으로 직행해야 했는데, 변수도 많고 너무 아슬아슬할 것 같았다. 한 번 한 번의 기회가 소중한 때에 다른 불안을 더하고 싶지 않았다. 더구나 일본에서는 처음으로 난자를 채취하는 중요한 날이었다. 더 이상 내 사정으로 시술을 미룰 수는 없었다.

그날은 마음이 급해 녹화하는 내내 신경이 곤두섰다. 조금이라도 시간이 틀어지면 안 돼. 매니저는 만반의 준비를 한 채로 문제없이 녹화가 끝나기만을 기다렸고 나는 스튜디오에 앉아 있는 내내 엉덩이가 들썩거렸다. 실제로 녹화가 끝나자마자 마치 군사작전이라도 수행하듯 발이 땅에 닿는 시간 동안은 거의 달리다시피 해서 차를 타고 공항으로 갔다. 가까스로 비행기 좌석에 앉은 다음에야 나는 가슴을 쓸어내렸다. 그러면서도 생각이 많아졌다. 이번 한 번으로 절대 안 끝날 텐데, 앞으로 이런 일을 몇 번이나 반복해야 하는 걸까. 피곤이 까마득하게 밀려왔다. 나, 끝까지 잘 해낼 수 있을까? 이튿날 무사히 첫 시술을 받으면서도 만감이 교차했다. 그렇게 임신을 향한 첫 단추를 꿰었다.

흐릿한 두 줄

"어, 두 줄? 아닌가, 두 줄 맞나?"

임신 테스트기에 선명한 줄 하나가 보였다. 그리고 잠시 후에 희미하게 줄 하나가 더 생겼다. 엇, 두 줄이라면 설마 임신이 된 건가?

시술을 받기 위해 일본을 몇 차례 오가면서 마음을 단단히 먹었다. 나보다 건강하고 젊은 사람이라도 시험관 시술은 한 번에 성공하는 경우가 드물다. 앞으로 얼마나 더 반복해야 할지 모르는 일이다. 지치거나 좌절하지 말자. 금방 포기할 거였다면 시작조차 하지 않았을 것이다. 간절한 만큼 될 때까지, 내

(아내 대신 엄마가 되었습니다)

몸이 허락하는 한 끝까지 최선을 다하자.

　그런데 생각지 못한 거대한 장벽이 하나 더 등장했다. 코로나 19로 인한 팬데믹 시대가 열린 것이다. 정말 뭐 하나 쉽게 되는 일이 없구나. 한숨만 나는 상황이었지만 여기서 멈출 수는 없었다. 일본과 한국을 오가며 임신을 준비하고 있는 만큼 나와 미래에 올 아기를 위해서라도 특히 더 조심해야 했는데 이상하게도 그럴수록 끝까지 해내고 말리라는 의지가 불타올랐다. 방진 마스크에 고글까지 챙겨 쓰고 공항을 오갔고 집을 나서는 순간부터 택시나 버스, 비행기 안에서까지 마스크도 고글도 벗지 않았다. 이동하는 동안에는 물도 음식도 입에 대지 않았다.

　첫 번째로 배아 이식을 받은 후 유난히 몸이 피곤하고 배가 사르르 아팠다. 꼭 생리가 오기 직전의 몸 상태였다. 이번에는 안 되었나 보다. 난임 시술을 받은 다른 사람도 난자 채취와 체외 수정, 배아 이식까지는 의학의 영역이지만 착상은 '신의 영역'이라고들 했다. 그래, 처음부터 성공하리라고는 기대도 하지 않았다. 다음을 기약하자. 그렇게 다음 생리를 기다리는데 피가 비칠 기미가 보이지 않았다. 다음 생리가 시작되면 다시 난임센터에 가야 했고 그때까지 일본에 머무르다 한국으로 돌아갈 예정이었기 때문에 미리 이런저런 계획을 세워둬야 했는데 이상했다. 시술을 받는 동안에는 호르몬 균형이 깨져 생리주기가 흐트러질 수 있다고 했으니 그런 이유인가 싶었다. 결국 일본에 있는 마지막 날까지 생리를 시작하지 않아서 병원에 더 들르지는 못하고 그대로 한국으로 돌아왔다. 그런데 한국에서도 계속해서 생리 소식이 없는 것이다. 설마…? 혹시나 하는 마음에 임신 테스트기를 구입해 확인해보았다. 흐릿하긴 해도 확실한 두 줄이었다. 믿기지 않았지만 가장 먼저 엄마에게 소식을 알리기 위해 일본으로 전화를 걸었다.

"엄마, 아기가 온 것 같아. 임신인 것 같아. 아기가 한 번에 왔나 봐."

"…감사합니다. 감사합니다."

엄마가 갑자기 내게 존댓말을 하더니 전화가 뚝 끊겼다. 당황한 나는 다시 전화를 걸었다. 엄마가 울고 있었다. 내가 시술을 받는 동안 곁에서 아무렇지 않은 척했지만 고생하는 나를 보면서 엄마도 무척이나 힘들었겠지. 다른 이유가 아니라 내 건강을 위해 나를 말리고 싶었을 것이다. 그럴 수 없었기 때문에 내가 조금이라도 덜 힘들도록 하루빨리 임신이 되기를 누구

《 아내 대신 엄마가 되었습니다 》

보다 기다렸으리라. 그동안 엄마가 겪었을 마음고생이 느껴져
나까지 덩달아 눈물이 났다.

"이번에 안 되더라도 코로나 끝난 다음에 다시 시도해보
면 되지."

코로나 상황이 갈수록 악화되고 있었고 일본을 왕복하는
일이 더 어려워지지 않을까 걱정하며 울상 짓는 나를 보면서
엄마는 이렇게 위로했었다. 그러던 중에 정말 기적처럼 단 한
번의 시술로 아기가 내게 온 것이다. 그 사실이 기쁘면서도 두
렵고, 믿기지 않아 얼떨떨했다. 내게도 아이가 생겼다. 새 가족
이 생겼다.

2019년 3월 19일, 반려견 모모코가 오랜 항암 치료 끝에
하늘나라로 떠났다. 모모코가 떠나던 순간 나는 그 작고 보드
라운 귀에 대고 울면서 속삭였다.

"다음 생에는 내 아이로 태어나 줘, 모모코."

모모코를 떠나보내고 힘든 시간을 보내면서도 언젠가 우
리는 다시 만날 거라고, 모모코는 언제나 내 곁에 있을 거라고
믿으면서 슬픔을 견뎠다. 우리는 늘 함께였으니까. 그런데 모

모코가 떠난 지 꼭 1년 만에 임신 진단을 받았다. 정말 모모코가 아기를 선물해준 걸까?

'내가 없다고 울지 마. 사유리에게 새로운 가족을 선물할게. 사유리가 행복하면 나도 행복해. 그러면 아기도 행복할 거야.' 모모코가 이렇게 말하고 있는 것만 같았다.

내가 엄마가 된다니… 모모코, 내가 잘 해낼 수 있을까?

죽지만 않으면 돼

정자를 기증받기로 결심한 순간부터 일본을 오가며 시술을 받는 모든 과정을 옆에서 지켜보며 도움을 주었던 엄마와 오빠에게는 기쁜 마음으로 임신 사실을 알릴 수 있었다. 하지만 아빠에게는 임신 5개월이 지나도록 소식을 전하지 못했다. 본의 아니게 온 가족이 아빠를 따돌리게 되었다. 처음에는 아빠가 충격을 받을지 모르니 조금만 미루자 했던 것인데 그렇게 때를 놓치고 말았다. 눈에 띄게 배가 나올 즈음에야 더 이상 숨길 수 없다고, 숨기면 안 되겠다고 생각한 나는 엄마와 머리를 맞대고 아빠에게 어떻게 말하면 좋을지를 고민하기 시작했다.

"편지를 써야겠어. 말보다는 그게 더 나을 것 같아."

내가 직접 말하는 것보다는 엄마가 먼저, 얼굴을 마주하면서로 감정이 격해질 수 있으니 차분하게 편지로 말하겠다고 했다. '사유리가 정자를 기증받아서 시험관 시술을 통해 임신을했다. 결혼은 하지 않고 싱글맘이 될 것이다. 지금 임신 5개월째다. 당신이 충격을 받을까 봐 미리 말하지 못했다. 사유리가무척 미안해하고 있다.' 엄마의 편지는 곧 아빠에게 전해졌다.

그런데 아빠는 아무런 반응도 보이지 않았다.

그렇게 고심해서 열심히 편지를 썼는데, 편지를 읽고도 아빠는 어떤 기색도 내비치지 않았다고 한다. 며칠이 지나도록아무 말도 하지 않았다. 엄마는 슬슬 화가 나기 시작했다.

"사유리가 임신했다는데 당신은 왜 아무 말이 없어?"

"상관없어. 신경 안 써."

"아니 딸이 아기를 낳는다는데 상관이 없다니?"

아빠의 대답에 엄마는 더 화가 났다. 하나밖에 없는 딸이정자를 기증받아 임신하는 남다른 선택을 했다는데 상관이 없다니. 해줄 말이 그것밖에 없다니. 아빠 맞아?

"왜 상관이 없어? 그게 무슨 뜻이야?"

"사유리가 죽지만 않으면 돼. 사유리만 행복하다면 아무

〈 아내 대신 엄마가 되었습니다 〉

것도 신경 안 써."

아빠는 내가 정자를 기증받았다는 사실이나, 싱글인 상태로 임신을 한 일에 대해서는 말 그대로 '상관없다'고 생각했다. 아빠는 그저 내가 노산이라는 점만 걱정하고 있었다. 아빠 세대까지만 해도 노산이라고 하면 아이를 출산하다가 잘못되는 경우가 많았으니까, 혹여나 내가 아이를 낳다가 죽으면 어떡하나 하는 걱정뿐이었다고 한다. 그 외의 다른 것들은 '사유리가 행복하다면'으로 모두 오케이였다.

엄마도 아빠도 내 행복만을 간절히 바라고 있었다. 나를 무조건적으로 믿고 지지해주었다. 담담하게 모든 과정을 버텨온 나지만 가장 가까운 가족과 갈등을 겪었다면 크게 상처받았을 것이다. 두 분에게 진심으로 감사했다. 다시 한번 내 부모님 같은 엄마이자 아빠가 되어주겠다고, 배 속의 아이에게도 약속했다. 그리고 아빠가 조금이라도 걱정을 덜 수 있도록 더 열심히 체력을 기르고 관리하면서 출산까지 건강하게 마쳐야겠다고 마음을 다잡았다. 걱정 마, 아빠. 나 죽지 않아.

시험관 시술은 일본에서 받았지만 출산은 한국에서 하고 싶었다. 오래 병원을 다니며 신뢰를 쌓아온 산부인과 선생님이 한국에 있었고 그 선생님이 아기를 받아주기를 바랐다. 그러나 몸이 무거워지면서 제약이 많이 생겼다. 일상생활조차 쉽지 않았다. 이 몸으로 남편도 부모님도 없이 혼자서 제때 병원에 갈 수 있을까? 새벽에 갑자기 몸이 안 좋아지면 어떡하지? 택시를 불러야 하나? 택시를 부를 정신은 있을까? 아기를 낳다가 갑자기 보호자가 필요해지면? 엄마 아빠가 그때부터 부지런히 온다고 해도 한나절은 걸릴 텐데. 그때까지 코로나 상황이 좋아지지 않는다면 부모님이 바로 오는 것도 소용이 없을 텐데. 덜컥 겁이 났다.

결국 일본에서 출산하기로 마음을 바꾸었다. 엄마 아빠의 무한한 지지와 응원이 없었다면 쉽게 결정하지 못했을 일이다. 남편은 없지만 감사하게도 내게는 엄마와 아빠가 있다. 두 사람 곁에서 아기를 낳자.

〈 아내 대신 엄마가 되었습니다 〉

말할 수 없는 비밀

　임신 사실을 남들에게 알릴지 말지, 알린다면 어떻게 알릴지 결정하지 못한 상태로 배가 점차 불러왔다. 나는 매체에서 활동하는 방송인이었고 싱글인 채로 임신을 했다는 사실이 어떤 쪽으로든 화제가 될 수 있다는 점은 예상했기 때문에(이렇게 큰 파장을 일으킬 줄은 꿈에도 생각하지 못했지만) 가능하면 내가 원하는 방식으로 원하는 때에 사실을 밝히고 싶었다. 하지만 나는 임신 중에도 계속해서 〈이웃집 찰스〉 녹화에 참여하고 있었고 점차 불러오는 배를 숨기기란 쉽지 않았다. 방송국에서는 누가 내 앞으로 지나가기라도 하면 나도 모르게 숨을 들이마셨고 최대한 몸에 달라붙지 않는 옷을 입었다. 그럼에도 화장실을 자주 들락거리는 문제는 어찌해볼 도리가 없었고 점점 살이 찌는 것도 막을 수 없었다.

그런데 천만다행으로(?) 코로나 시국이 좋은 핑곗거리가 돼주었다. 코로나 때문에 사람을 대면하는 일이 더 불안하고 위생에도 더욱 신경을 써야 해서 불편하기도 했지만 사회적 거리두기 덕분에 이전처럼 사람들을 자주 만나지 않아도 모두가 이상하게 생각하지 않았다. "코로나 끝나면 보자"는 말이 일상적인 인사가 되었다.

살이 찌는 것도 코로나 핑계를 댈 수 있었다. 아니, 도리어 상대방이 먼저 그렇게 생각해주었다. "너 코로나라고 너무 집에만 있는 거 아니니? 살찐 것 같아." 방송인 홍석천 오빠는 만삭에 가까워진 나를 보고서도 이렇게 말했을 뿐이다. 혹시 나를 위해서, 내가 민망해할까 봐 눈치채고서도 모르는 척해준 게 아닐까 해서 출산 사실이 알려진 후에 다시 물어봤는데 진짜 몰랐다고 한다. 이 오빠, 여자한테는 정말 눈곱만큼도 관심이 없구나.

다른 출연진이나 스태프도 어느 순간부터 펑퍼짐한 옷을 입고 오는 나를 이상하게 여기지 않았다. 다들 바깥 활동이 줄

(아내 대신 엄마가 되었습니다)

어서 살이 찌고 있는 모양이다, 하고 생각해주는 듯했다. 덕분에 만삭이 될 때까지 무사히 임신 사실을 숨길 수 있었다.

위기도 종종 있었다. 나는 고위험군 산모였기 때문에 임신 중에도 건강 관리를 위해 운동을 계속해야 했고 코로나 시국에 임신한 몸으로 체육시설에 가기가 꺼려져 선생님을 집으로 불러 운동을 했다. 그런데 선생님이 자꾸만 마스크를 벗으려고 했다. 체육관이 아닌 집에서 일대일로 레슨을 하고 있으니 괜찮을 거라고 무심결에 생각한 것 같았다.

"선생님, 집에서도 마스크를 꼭 써주시면 좋겠어요."

"아, 네!"

까탈스러워 보이고 싶지 않아서 몇 번을 고민하다 한 번씩 말을 했는데 조금만 지나면 말짱 도루묵이었다. 그냥 임신했다고 말할까? 그러면 더 조심해주지 않을까? 이런 순간이 몇 번이나 지나갔다. 하지만 그럴 수 없었다. "다른 사람한테는 비밀로 해주세요"가 얼마나 소용없는 말인지 잘 알고 있었기 때문이다. 내 비밀을 들은 이가 가족에게, 친구에게, 가까운 사람 단한 명에게만 말해도 말이 퍼져나가는 건 순식간이다. 영원히 숨길 수는 없는 일이고 곧 밝혀야겠다고 생각을 가다듬고 있었지만 그 전에 루머나 지라시처럼 나쁜 방식으로 알려지지는 않기를 바랐기 때문에 나름대로 끝까지 원칙을 지키기 위해 최선을 다했다.

혹여 아이가 잘못될까 봐 말하지 못한 까닭도 있었다. 산부인과 선생님은 내가 임신 12주 차에 접어들 때까지 '축하한다'는 말을 해주지 않았다. 유산 확률이 70퍼센트가 넘었고 시술을 받기 전에 들었던 '임신이 안 될 수 있다'는 설명에도 임신 중 유산 가능성이 포함되어 있었다. 시험관 시술을 받은 산모들이 유산이나 조산하는 사례가 워낙 많은 데다 나는 나이도 많으니 건강하게 출산할 수 있을지 의사 선생님조차 확신하지 못했다. 내가 원하지 않는 방식으로 임신 사실이 알려졌는데 아이가 잘못되기라도 하면 내가 감당해야 할 상처가 얼마나 클지 스스로도 가늠이 되지 않았다. 조심하고 또 조심하는 수밖에 없었다.

예외는 있었다. 항상 함께 다니는 매니저에게는 숨기려야 숨길 수도 없었고, 비밀을 유지하기 위해서도 반드시 사실을 공유해야 했다. 공개하게 될지 말지, 결과가 어떻게 될지는 몰랐지만 임신과 출산 과정을 기록해두고 싶어 영상을 찍기로 했는데(영상들은 훗날 유튜브로 공개했다) 고맙게도 매니저가 대부분

〈 아내 대신 엄마가 되었습니다 〉

의 촬영을 맡아주었다. 비밀도 철저히 지켜주었다. 다만 나처럼 거짓말에 서툰 사람이라 곤란한 상황을 맞닥뜨리기도 했다.

〈이웃집 찰스〉에 함께 출연하는 아나운서 최원정 언니가 달라지는 내 체형과 거동을 보고 무언가 낌새를 알아챘던 모양이다. 출산 경험이 있어서인지 겉으로 크게 티가 나지 않을 때였는데도 내가 힘들어하는 모습이 눈에 걸렸다고 한다. 그래도 내게 대놓고 묻기는 어려웠는지 매니저에게 슬쩍 먼저 물었다.

"혹시 사유리 임신했어요?"

"네? 저… 는 모르겠는데요. 모르는 일이에요."

아니라고 해야지 모른다고 하면 어떡하나 이 사람아. 그렇게 매니저가 온몸으로 부정한 덕분에 원정 언니도 일찍이 내 비밀을 알게 되었다. 다행히 언니는 오랫동안 내가 믿고 따라온 사람이었다. 예상대로 언니는 나를 진심으로 응원하면서 끝까지 비밀을 지켜주었고, 젠의 탄생을 세간에 밝히는 과정에서도 큰 도움을 준 은인이 되었다.

진실은 힘이 세다

처음에는 거짓말을 할 생각이었다.

임신과 출산을 알리는 건 알리는 것이고, 어쩌다 결혼도 안 한 사람이 아기부터 낳게 되었나를 어떻게 설명할지를 두고 고민이 많았다. 아마도 아기의 아빠가 누구인지에 가장 많은 관심이 쏟아질 텐데, '정자 기증'이 한국 사회에 어떻게 받아들여질지 도무지 예상이 되지 않았고 어떻게 해도 긍정적인 결과가 상상되지 않았다. 그래서 처음에는 거짓말을 하려고 했다. 어쩌다 하룻밤을 함께 보낸 남자의 아이라고. 아냐, 아무리 그래도 그건 너무 막장이니까 짧게 만난 남자친구라고 하자. 그

〈 아내 대신 엄마가 되었습니다 〉

편이 더 평범해 보일 것 같았다. 그렇잖아도 '사차원'이니 엉뚱하다는 수식어가 붙는데, 이런 데서까지 개성을 드러내고 싶지 않았다. 아기와 함께하는 앞으로의 삶만큼은 무난하고 싶었다.

친한 친구들 역시 사실을 전부 밝히지는 말라고 조언했다. 한국의 친구들도 일본의 지인들도, 하나같이 입을 모아 말했다. 너무 눈에 띄면 좋지 않아. 너도 아이도 차별받게 될지 몰라. 그렇게까지 사생활을 보여주지 마.

그러나 거짓말은 그것으로 끝나지 않을 것이다. 〈충격! 사유리, 일본에서 극비 결혼식〉 〈사유리, 아기의 아빠는 한국에서 활동하는 외국인?〉 〈사유리, 아기 아빠 밝히지 못하는 이유… 불륜 의혹?〉 자꾸만 신상 털기 전문 유튜버가 내놓을 것 같은 지라시의 헤드라인이 머릿속에 떠올랐다. 유튜브 섬네일까지 눈앞에 펼쳐지는 듯했다. 거기다 아기는 파란 눈의 백인 혼혈. 마음만 먹으면 말도 안 되는 허무맹랑한 루머까지 누구나 쉽게 만들 수 있는 상황이 된다. 내 과거 발언이나 일상에서 우연히 (혹은 나도 모르게) 찍힌 사진들이 생각지도 못한 방식으로 짜깁기되어 의혹과 가십을 증폭시킬 것이다.

결국 '원나잇 상대' 혹은 '스쳐간 인연'이라는 핑계는 거대한 거짓말의 시작이 될 게 뻔했다. 거짓말을 덮기 위해 거짓말을 계속해야겠지. 심지어 갈수록 더 정교한 거짓말을 만들어내야 한다. 아무리 생각해도 그 거짓말을 끝까지 밀고 나갈 자신이 없었다. 거짓말도 머리가 좋아야 하는 것인데, 완벽하게 대본을 외워서 모든 사람에게 똑같이 이야기할 자신이 없었다.

나는 원래도 거짓말에는 소질이 없다. 만삭이 되어 출산을 기다리며 일본에 있을 때 내가 한국에서 왔다고 하면 많은 사람들이 무심코 묻곤 했다. "그럼 (아기) 아빠는 한국 사람이에요?" 그때마다 나는 애매한 웃음을 지으며 "아… 네, 맞아요"라고 대답했다. 부끄러워서가 아니라 "싱글맘이에요" 혹은 "정자 기증을 받았어요"라고 대답했을 때 따라올 상대방의 민망하고 미안한 표정이 싫었기 때문이다. 한 번 보고 말 사람인데 분위기를 심각하게 만들고 싶지 않았다. 하지만 이 가벼운 거짓말에도 나는 슬슬 지치고 있었다. 앞으로 이 짓을 계속, 어쩌면 평생 해야 한다고? 절대 무리다. 절대 못 한다.

무엇보다 그러면 태어날 아기에게도 거짓말을 해야 했다. 그때마다 내가 상처받지 않을 수 있을까? 아이에게만 사실을 말해줄까? 밖에다가는 거짓말을 해놓고 아이에게는 진실을 말했다가 아이가 자라 남들에게서 내가 말해준 것과는 다른 이야기를 듣게 되면? 그때는 또 뭐라고 해야 할까? 아이에게 '거짓말하지 말라'고 가르치고 싶은데, 정작 엄마인 내가 거짓말을 한다면 과연 부끄럽지 않은 엄마가 될 수 있을까?

　계속되는 고민으로 괴로워하는 나를 보면서 엄마는 단호하게 거짓말하지 말라고 했다. 그건 나답지 않다고, 내 딸 사유리는 그렇지 않다고 하면서. 솔직하게 사실을 모두 말하자고. 사람들의 반응이 어떻고 결과가 어떻든 진실로 모두를 마주하는 편이 나를 위해서도 아기를 위해서도, 우리의 미래를 위해서도 가장 나은 길이라고 했다. 적어도 더 이상의 거짓말은 하지 않아도 될 테니까. 그래, 진실은 힘이 세다. 진실보다 강력한 거짓은 없다. 그렇게 엄마의 손을 잡고 용기를 내기로 했다.

예방접종

실은 언젠가 원정 언니에게 싱글인 상태로 정자 기증을 받아 출산하는 일에 대해, 내 이야기가 아닌 척 어떻게 생각하는지 물은 적이 있다.

"난 반대야. 그건 너무 이기적이야. 절대로 반대."

너무 단호한 언니의 대답에 나는 움츠러들었다. '아, 언니에게는 끝까지 들키지 말아야지.' 당시에는 그렇게만 생각했다. 상처나 충격을 받지는 않았다. 많은 사람들이 비슷하게 생각하겠지. 충분히 이해되었다. 오히려 나를 진심으로 위하고 걱정해주는 사람이기에 이렇게 딱 잘라 말해줄 수 있는 것이다. 싱

(아내 대신 엄마가 되었습니다)

글맘으로, 그것도 친부를 알 수 없는 정자를 기증받아 임신을 하고 아이를 낳아 키우는 일은 결코 쉬운 일이 아니다. 모든 과정이 순탄치 않을 테고 나뿐 아니라 자라날 아이까지 사람들의 편견에 맞서야 할지 모른다.

　출산 이후에 뉴스 보도를 통해 내 소식을 접하고 나처럼 비혼으로 아이만 낳아 키우고 싶다며 내게 자세한 방법을 물어오는 사람들이 있다. 솔직히 말하면 그러지 말라고 말리고 싶은 마음이다. '당신은 했으면서 왜 나는 못 하게 하냐'고 생각할 수 있다. 하지만 나의 임신과 출산 사실이 한국 사회에 큰 저항 없이 비교적 쉽게 받아들여진 데는 내가 외국인이라는 이유가 크게 작용했다고 본다. '저 사람은 원래 다른 세계에 사는, 우리와는 다른 사람이니까' 하는 외국인을 향한 조금은 배제적인 시선이 아이러니하게도 내 출산을 포용하는 방향으로 영향을 미친 게 아닐까.
　그리고 내가 신경을 크게 쓰지 않아서 그렇지 여전히 여의도 KBS 사옥 앞에는 나의 방송 출연을 반대하는 내용의 현수막이 걸려 있고, 내가 고정 출연하고 있는 프로그램 홈페이지 게시판에도, 내 기사나 SNS에도 악플이 계속되고 있으니 비판이 아주 없는 것도 아니다. 내가 만약 한국에서 나고 자란 연예인이었다면 파장이 훨씬 더 컸을 테고, 주변의 날 선 시선이나 손가락질도 견디기 어려웠으리라.

원정 언니에게는 시간이 더 흐른 후에야 정자를 기증받아서 혼자 임신했다고 솔직히 털어놓았다. 언니는 왜 진작 이야기하지 않았냐며 서운해했지만, 누구나 쉽게 받아들일 수 없는 일인 걸 알아서 차마 말이 나오지 않았다고 속내를 숨김없이 말했다.

"언니는 좋은 남편도 좋은 직장도 아이도, 다 가지고 있잖아. 나랑 입장이 달라. 그래서 내 마음을 이해하지 못할 것 같았어. 배부른 사람이 배고픈 사람의 고통을 상상하기는 어려우니까. 거기다 예전에 나를 위해서, 나를 진심으로 걱정해서 따끔한 조언을 해주었는데, 내가 그 말을 듣지 않은 거잖아. 그런데 나한테는 이 방법밖에 없었고, 간절했어."

언니는 내 상황을 더 헤아리지 못해서 미안하다고, 내가 고생할까 봐 그랬다고 했다. 나 역시 가까운 지인이 나처럼 싱글로 정자 기증을 받아 출산을 하겠다고 하면 사랑하는 사람을 만나 가정을 이루고 평범한 방식으로 아이를 낳는 게 가장 행

(아내 대신 엄마가 되었습니다)

복한 길이라고, 아직 시간과 기회가 있다면 포기하지 말고 더 행복해질 수 있는 쪽을 택하는 게 어떻겠냐고 최선을 다해 설득할 것이다. 얼마나 힘든 일인지 직접 경험했기에 더욱 마음을 다해 말릴 수 있다.

그래도 조금은 씁쓸한 마음이 들었다. 죽을 만큼 배가 고파서 먹을 것을 훔친 사람에게 '남의 것을 훔치지 말라'고 훈계하기는 쉽다. 하지만 그 전에 그럴 수밖에 없었던 이의 간절한 마음을 한 번 더 생각해주면 좋겠다. 평범한 사람일수록, 간절한 입장에 처해보지 않은 사람일수록 나무라고 꾸짖는 말을 더 쉽게 내뱉는 것 같다. 원정 언니도 아이를 절실하게 원하는 내 마음보다 평범하지 않은 선택으로 내가 겪게 될 어려움을 먼저 걱정했던 게 아닐까. 물론 이제는 언니의 마음을 잘 알고 있다. 그 후로는 언니도 나를 물심양면으로 도와주었다. 지금은 고마운 마음뿐이다.

이 일을 계기로 나는 좀 더 단단한 마음을 갖게 되었다. 내 선택이 모두에게 환영받을 수는 없다. 언제가 되었든 사실은 밝혀야 하고 그러면 원정 언니에게 들었던 것보다 훨씬 더 날카로운 말들이 백배 천배로 쏟아질 테다. 친하게 지내던 가까운 지인들에게도 지탄을 받을지 모른다. 정자 기증을 받기로 결심한 때부터 모두 각오한 일이다. 원정 언니를 통해 미리 예방접종을 맞은 것뿐이다. 이제 주위의 반응이 어떻든 넓은 마음으로 차분하게 결과를 받아들이고, 아기를 무사히 출산해 아이와 내가 행복해지는 목표만을 최우선으로 생각하자고 마음먹었다.

최선의 선택

공교롭게도 내가 정자 기증을 받아 출산했다는 사실을 밝힌 2020년 말, 한국에는 낙태죄 비범죄화 이슈가 일고 있었다. 2012년의 헌법 소원 재판에서 합헌 판결을 받았던 낙태죄가 2019년에 헌법 불합치 판결을 받았기 때문이다. 헌법재판소는 낙태죄 조항을 여성의 '자기 결정권'을 과도하게 침해하는 법으로 해석했고, 2020년 12월 31일까지 해당 법을 대체할 법안을 입법하라는 조건을 내걸었다. 그동안 '청와대 국민 청원' 게시판에 올라온 낙태죄 폐지 청원은 23만 명의 동의를 얻었다. 그런데 정부가 기존의 '낙태의 죄'를 거의 그대로 유지하는 수

준의 입법안을 내놓아 '임신 중단권'이 다시 논란의 한가운데에 놓이게 된 것이다.

그런 와중에 내가 정자를 공여받아 출산했다는 소식이 세상에 밝혀졌다. 타이밍이 좋았다고 해야 할지 나빴다고 해야할지 모르겠다. 다만 반대하는 쪽에서도 찬성하는 쪽에서도 자신들의 논리를 강화하기 위해 내 이야기를 가져다 쓰는 걸 보면서는 기분이 미묘해졌다. 정작 나는 어떤 의견도 명확하게 밝힌 적이 없다.

한국에서는 정자 기증을 받을 수 없어 다른 나라에서의 시술을 고민할 때, 배아의 성별을 확인해 원하는 성별의 배아를 자궁에 이식하거나 배아 상태에서 다운증후군 등의 원인이 되는 염색체 이상 여부를 확인해 유전적으로 건강에 이상이 없는 배아만 이식하는 것이 가능한 나라가 있다는 이야기를 들었다. 반면 성별 검사는 물론 염색체 이상 여부 확인조차 법적으로 금지하고 있는 나라도 있다.

임신 중일 때도 산전 검사에서 유전자 이상이나 기형아 여부가 확인되면 많은 산모들이 임신 중단을 택한다. 그 검사는 대개 태아가 성인의 손바닥만 한 크기가 되는 임신 16주에서 22주 사이에 이루어진다. 배아부터 태아까지 언제부터 생명으

〈 아내 대신 엄마가 되었습니다 〉

로 볼 것인지, 어떤 시점에서 무엇을 우선할지, 되고 안 되고의 문제를 누가 어떤 기준으로 결정할지는 어렵고 복잡한 문제다. 개인적으로 임신과 출산을 경험하고 났더니 더 확실하게 말하기 힘들어졌다.

흔치 않은 선택을 한 사람으로 확실히 말할 수 있는 건, 아이를 갖는 일도 갖지 않는 일도, 낳는 일도 낳지 않는 일도 여성으로서 '쉬운' 선택은 결단코 없다는 사실이다. 나 역시 정자 기증으로 아이를 가져야겠다는 결심을 하기 쉽지 않았고, 그 이후 시술을 받기까지의 과정도 녹록지 않았다. 나는 운 좋게 첫 시술로 임신에 성공했지만, 난임으로 몸과 마음에 상처를 입어가며 시술을 몇 번이나 반복해 받다가 직장을 그만두고 커리어를 포기하는 사람도 많다고 했다. 그럼에도 결국 임신에 실패하는 사례도 셀 수 없다. 원치 않는 임신으로 고통받는 경우도 마찬가지다. 낳을지 말지를 결정하는 것으로 끝이 아니다. 거기서부터 다시 끊임없는 질문이 시작된다. 임신 중단 수술을 받는 일이든 아이를 낳아 기르는 일이든 남은 삶에 크나큰 영향을 받을 수밖에 없다.

모든 여성은 자신의 삶을 위해 필사적으로 자기가 할 수 있는 최선의 선택을 한다. 그때 그 선택에 법이나 규정이 짐을 더하지 않으면 좋겠다. 누구나 앞으로 원하는 삶을 이어나갈 수 있도록 그 결정권을 삶을 살아가는 주인에게 온전히 돌려주 길 바란다. 법이 더하지 않아도 이미 여성의 임신·출산을 둘러 싼 일에는 벽이 많다. 여성의 임신할 권리를 옹호하는 나의 목 소리와 낙태죄 비범죄화를 주장하는 목소리가 대립되는 입장 이 아니라고 생각했다. 그런 이유로 인터뷰에서 '임신 중단 권 리가 있는 것처럼 임신할 권리도 있다'고 했던 것인데 역시 지 면이나 방송에는 말이 간단히 편집되어 나가다 보니 내 뜻이 제대로 전달되지 않았다. 또 논란거리를 만들었다는 생각에 마 음이 편치 않았다.

이 주제에 대해 조금 더 의견을 더하자면 원치 않는 임신 이나 임신 중단, 임신 종결로 모두가 고통받지 않도록 아주 어 릴 적부터 남녀 모두 제대로 된 성교육을 받을 수 있게 교육 문 화가 바뀌면 좋겠다. 특히 피임에 대해. 피임구 사용과 피임법 에 대해. 서양은 성관계를 매개로 옮겨질 수 있는 질병 때문에 라도 콘돔 등 피임구 사용이 상식으로 굳어져 있는데 일본과 한국 모두 그런 문화가 정착되지 않은 게 너무나 안타깝다. 아 주 간단하게 원치 않는 임신과 낙태를 둘 다 막을 수 있는 방법 이 있는데 왜 서로에게 큰 상처를 입힐 수 있는 잘못된 문화가 고쳐지지 않는지 무척 답답하다. 지금부터라도 천천히 바뀌어서 젠이 성인이 되어 살아갈 사회에서는 상처 입거나 고통받는 사람들이 줄어들면 좋겠다. 당연히 젠에게도 똑바로 가르칠 계획이다.

♠ 젠보다 먼저 내 가족이 되어준 모
모코와 오리코, 사랑이. 젠이 오기 전
의 내 휴대전화 사진첩에는 온통 강
아지 사진뿐이었다.

♠ 2019년에 첫 반려견 모모코를 떠나보내고 무척 힘든 시간을 보냈다. 어쩌면 모모코가 나를 위해 아기를 선물해준 것일지도 모른다. 항상 보고 싶어, 모모코.

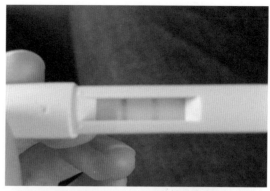

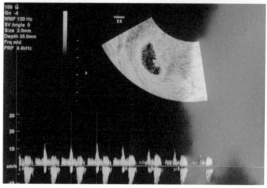

♠ 정자 기증을 받으러 일본으로 가는 길. 코로나 탓에 가는 길
도 순탄치 않았다. ♠ 임신이라 확신하기 어려웠던 흐릿한 두
줄. 병원에서 심장 소리를 듣고 움직이는 아기를 보면서도 믿
기지 않았다.

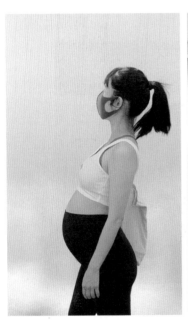

♠ 점점 불러오는 배가 신기해 자주 셀카를 찍었다.
임신 중에도 운동은 필수. ♠ 귀여운 분장을 하고
기념사진도 촬칵. 젠이 태어난 후에 같은 옷을 입고
촬영을 했더니 더 특별한 추억이 되었다.

Part 2

네 이름은 젠이야

매일이 축제

임신 기간이 힘들지 않았느냐고 주변에서 많이 물었다. 난임센터를 거친 산모들이 힘들어하는 부분도 그 지점이라고 한다. 시험관 시술이라는 길고도 괴로운 과정을 거치는데, 겨우 임신에 성공해도 그것으로 끝이 아니라 그때부터 '진짜' 고통이 시작되는 경우가 많으니까. 입덧, 호르몬 반응, 면역 반응, 두통, 빈혈, 수면장애, 변비, 태동… 이 정도로 끝나면 양반이라고 했다. 이름도 어려운 무시무시한 임신 부작용 증상이 끝도 없었다.

심지어 나는 자연 임신도 아니었고 마흔을 넘은 노산 중의 노산 임산부였다. 인터넷에 '노산'을 검색하면 무시무시한 게시물만 가득 나온다. 산모 나이 35세를 기점으로 기형아 출산 위험이나 태아의 유전자 이상 가능성뿐 아니라 '임신 합병증' 가능성도 급격하게 증가한다고. 나이 든 산모일수록 엄격하고 철저한 건강 관리가 필수라고.

그러나 천만다행으로 나는 임신 중 겪을 수 있는 통증이나 증상을 거의 경험하지 않았다. 흔히 떠올리는 입덧만 해도 입맛이 없는 시기가 짧게 지나갔을 뿐이다. 식성은 좀 바뀌었다. 속이 느끼한지 자꾸만 시고 상큼한 것이 당겼다. 이제 너무 뻔해서 텔레비전에도 잘 나오지 않는 '신 것이 먹고 싶은' 입덧이었다. 한번은 임신 중에 일본에 갔을 때 좋아하는 파 볶음밥에 식초를 잔뜩 뿌려 먹는 나를 보면서 엄마가 기겁을 했다. 나는 원래도 볶음밥에 식초를 조금씩 넣어 먹는 걸 좋아했는데 그날은 밥 아래로 식초가 흐를 때까지, 거의 식초에 볶음밥을 말아 먹다시피 했으니 엄마가 질색할 만도 했다. 그치만 이 식초가 가득한 맛이 좋은 걸 어떡해! 앞에 앉은 엄마에게 한 입 먹어보라고 권했는데 엄마는 숟가락을 입에 넣자마자 밥알을 뱉으면서 기침을 했다.

"으악, 너무 셔!"

〈 아내 대신 엄마가 되었습니다 〉

그 밖의 불편은 거의 경험하지 못했다. 막달에 가까워지면서 혈액순환이 조금씩 안되고 붓는 느낌이 있었지만 웃으며 넘길 수 있는 수준이었다. 나, 타고난 '임신 체질'인 건가? 그 어렵다는 시험관 시술도 한 번에 성공하질 않나, 임신 증상도 거의 없고. 이런 몸이 결혼을 하지 못해서 혼자 아이를 갖다니, 복이 있다고 해야 할지 없다고 해야 할지. 인생은 정말 불공평하고 알 수 없는 일투성이다. 어쨌든 이 몸 덕분에 임신 기간을 즐겁게 보낼 수 있었다. 매일매일 배 안에서 아기가 커가는 것이 신기했고 그와 동시에 나타나는 몸의 변화 또한 놀라웠다. 화장실에 갈 때도 잠을 잘 때도 아기와 24시간 함께한다니, 지금이 아니면 이런 걸 언제 또 경험해보겠어. 매일이 축제 같은 기분이었다. 너무 신나서 계속 걷느라 몸은 조금 피곤하지만 매 순간 웃음이 나고 다음엔 또 어떤 일이 생길까 기대하게 되는 그런 축제 말이다.

가끔은 특별한 이벤트를 만들기도 했다. 불룩한 배를 드러낸 채 나무 모양의 부직포 의상을 입고 기념사진을 찍었고 (출산 후 같은 차림으로 아기와 함께 한 번 더 촬영했더니 더 의미 있는 추억이 되었다) 만삭의 배에 보디페인팅도 받았다. 애니메이션 〈토마스와 친구들〉에 나오는 기차 토마스의 얼굴을 배에 그리고 티셔츠에 커다란 구멍을 내서 배를 드러낸 채 외출했다. 마음 같아선 지나가는 사람들을 붙잡고 자랑하고 싶었다. 여러분, 저 임신했어요!

정기 검진을 받으러 산부인과에 가서 매번 아기의 심장 소리를 듣고 오늘은 또 얼마나 자랐는지를 보는 일이 무척 기쁘고 즐거웠다. 화면 속 아기의 형체가 점점 더 사람 같아지고 손가락 발가락을 구분할 수 있을 정도가 되니 가능만 하다면 매일 초음파를 찍고 싶었다. 처음으로 아기의 성별을 확인하던 날도 생생히 기억난다. 고맙게도 아기가 때맞춰 적절한 자세를 취해주어서 의학 지식이 없는 내 눈으로도 다리 사이의 무언가를 선명하게 볼 수 있었다.

"앗, 고추가 있다! 예쁘다, 고추가."

남자아이임을 확인함과 동시에 이제 안정기인 16주를 넘어섰으니 전보다는 마음을 편히 가져도 되겠다는 의사 선생님의 말을 들었다. 그 후로는 더 거칠 것이 없었다. 그렇지 않아도 노산인 데다 가족 중 당뇨 환자가 있어 원래도 체력 관리를 열심히 해왔고 임신 후에도 무리가 되지 않을 정도로 가벼운 운동은 계속했었다. 전에 배우던 복싱을 다시 시작하고 싶어 의사 선생님에게 허락을 받고 복싱 레슨도 받았다. 그것도 출산

〈 아내 대신 엄마가 되었습니다 〉

하기 직전까지. 지금 생각하면 일상생활과 방송 활동, 운동까지 모두 무리 없이 할 수 있도록 도와준 아기와 몸에 새삼 감사하다. 그래서 이런 내가 출산할 때 죽을 고비를 넘기게 될 것이라고는 꿈에도 생각지 못했다.

하얀 코끼리

임신 전후에 태몽을 꿨는지, 태몽이 무엇인지 질문을 받곤 한다. 일본에는 태몽이라는 개념이 없기 때문에 처음 들었을 때는 생소했다. 주로 임신한 당사자나 가족, 주변의 가까운 사람들이 꾼다고 했고, 직접적으로 아기가 나오기보다는 호랑이나 구렁이, 용이나 여의주, 복숭아나 꽃처럼 사람들이 길하다고 여기는 동물이나 식물이 등장하는 것 같았다. 흔한 꿈과 달리 깨고 나서도 강렬하게 인상에 남는다고, 당사자든 주변인이든 태몽 덕분에 임신 사실을 알게 되는 경우도 종종 있다고 해서 신기했다.

(아내 대신 엄마가 되었습니다)

하지만 태몽은 자연 임신일 때만 해당하는 미신 아닐까? 평범한 부부라면 언제 임신을 하게 될지 모르니 태몽으로 임신 여부를 점쳐본다지만, 나는 최첨단 과학과 의학의 힘을 빌려 임신을 시도했고 결혼도 하지 않았기에 주변에서 태몽을 꿔도 그 당사자가 나일 거라고는 쉽게 생각하지 못할 것이었다.

"유리야, 너 임신했어?"

그런데 시험관 시술을 받던 중에 거의 10년 동안 교류가 없던 러시아인 친구에게 대뜸 전화가 왔다. KBS 〈미녀들의 수다〉로 만난 인연이었는데 방송이 끝난 후에는 미국으로 건너가서 좀처럼 연락하지 않던 친구였다.

"응? 에엣? 왜?"

당시에는 시술만 받고 임신인지 아닌지 나조차도 모르던 때여서 '임신을 시도하는 것만으로도 남에게 태몽을 꾸게 할 수 있나?' 싶어 속으로 놀란 채 되물었다.

"어제 꿈을 꿨는데, 네가 임신 5개월째라며 배가 나온 모습으로 내 앞에 나왔어."

"그래?"

그때는 정말 임신이 될지 말지도 모르는 상황이었기 때문에 괜한 이야기는 하지 않는 게 좋을 것 같아 대화를 흐지부지 마무리 지었지만 전화를 끊은 후에도 놀라움이 가시질 않았다. 얘는 내가 결혼을 했는지 안 했는지도, 아기를 갖고 싶어 하는지 아닌지도, 임신을 시도하고 있는지 아닌지도 모르는데 어떻게 그런 꿈을 꾼 거지? 태몽에는 국경도 인종도 없는 건가? 결과적으로 그 전화를 받고 나서 임신 진단을 받았으니 그 꿈은 태몽이 맞았다. 그래서 더욱 신기했다.

러시아인 친구 외에도 태몽은 여럿 이어졌다. 임신을 진단받은 후에도 내가 임신하는 꿈을 꿨다며 놀라서 전화를 준 친구가 있었고, 꿈에서 커다란 고추가 달린 하얀 코끼리와 내가 같이 있는 모습을 봤다며 틀림없이 아들일 거라고 성별을 점쳐주는(이 태몽도 결국 맞았다) 친구도 있었다. 모두가 〈미녀들의 수다〉로 만난 친구들이어서 매번 다른 나라에서 소식이 들려왔다. 아니, 누가 이렇게 부지런히 세계 곳곳을 돌아다니며 꿈속으로 소문을 내고 다니는 거야? 이러다 한국 사람들보다 다른 나라 사람들이 내 임신 소식을 먼저 알게 되겠네. 심지어 나도, 배 속의 아이도, 꿈을 꿔주는 사람들도 한국인 유전자라고는 하나 없는데, 한국에만 있는 태몽을 경험하고 있으니 놀라울 따름이었다. 나 정말 한국인 다 됐나 봐.

〈 아내 대신 엄마가 되었습니다 〉

임신 기간을 큰 문제 없이 잘 넘긴 것도 어쩌면 태몽을 꿔주고 내 건강과 행복을 빌어준 친구들 덕분일지 모른다. 이렇게 나는 여러 사람에게 다정한 마음을 건네받으며 임신 기간을 즐겁게 보냈다.

남편 대신 인복

　남편도 없고 부모님도 일본에 있는 데다 코로나 때문에 가까운 사람들도 제대로 만나지 못했으니 임신 기간이 전혀 외롭지 않았다고 하면 거짓말이다. 하와이에 사는 친한 친구가 나와 비슷한 시기에 임신을 해서 자주 연락을 주고받고 친구의 SNS에 올라오는 사진도 종종 들여다보았는데, 남편과 함께 산부인과 검진을 가는 모습이나 불러오는 친구의 배를 다정하게 쓰다듬는 남편의 사진을 보면서 부러움도 많이 느꼈다. 나도 남편이 있었다면 아기가 배 속에서 성장하는 모습을 함께 지켜보며 대화를 나눌 수 있었겠지. 힘들 때는 투정도 부리고 가끔은 투닥거리기도 하면서 아기까지 세 사람이 더 행복할 수 있었을 것이다. 나도 사람인지라 그런 생각을 아예 하지 않을 수는 없었다.

하지만 이 나이에 홀로 임신을 시도해서 성공한 것만으로 나는 이미 축복받은 사람이었다. 여기서 남편까지 바라는 건 염치가 없는 것이다. 욕심이 과하면 화가 되는 법. 건강한 아이를 임신한 것만으로 이미 내게는 기적이다. 남편이 있으면 좋겠지만 없는 걸 이제 와서 어쩌겠나. 중요한 건 지금 내 앞에 놓인 행복이다. 남과 비교하면서 셀프로 불행해지지 말자. 지금의 행복한 삶에 전념하자. 임신부터 아기를 낳아 그 아이가 다 자라는 걸 지켜보기까지, 내 나이를 생각하면 지금부터 길어야 40년이다. 아이와 함께 삶에 온전히 집중하고 행복을 만끽하기에도 턱없이 짧은 시간이다. 그 아까운 시간을 남을 부러워하거나 아쉬워하면서 허비할 수 없다.

남편 대신 내게는 인복이 있다. 스스로도 놀랄 만큼, 한국에 와서 생활하기 시작한 때부터 좋은 사람들을 잔뜩 만나 친분을 쌓았다. 어떻게 이렇게 좋은 사람들'만' 만났지 싶을 정도다. 데뷔 프로그램인 〈미녀들의 수다〉에 함께 출연했던 많은 외국인 친구들이 연예 활동을 빌미로 크고 작은 사기를 당했는데, 나는 이제껏 사기도 한 번 당한 적이 없었다. 임신 중에도 주변 사람들의 도움을 듬뿍 받았다.

　가장 먼저 소속사 대표님에게 크게 마음의 빚을 졌다. 시험관 시술을 받을 때나 임신 초기에는 차마 입이 떨어지지 않아서 말을 못 하다가 임신 6개월 쯤에야 대표님에게 사실을 털어놓았다. 나는 원래도 방송 일이 많지 않은데 임신까지 했으니 일이 더 줄지도 모르고, 새로 섭외가 들어와도 몸 상태 때문에 일을 받을 수도 없고, 나중에 정자 기증을 받아 출산한 사실이 밝혀지면 한국에서 방송 활동을 영영 못 하게 될 수도 있다. 그런 생각에 너무 미안해서 직접 말하지도 못하고 장문의 문자를 보냈다. 나의 기나긴 메시지를 읽은 대표님은 유리 네 마음을 모두 이해한다고, 지금은 네 몸만 생각하라고, 건강하게 아기를 출산하는 일에만 집중하라고 했다. 방송을 당분간 하지 못하게 되더라도 할 수 있을 때까지 기다리자고, 기다려주겠다고. 당장 계약을 파기하자고 해도 할 말이 없는 상황이었는데 오로지 나만을 생각하고 내 결정을 존중해주는 대표님의 진심 어린 답장에 눈물이 찔끔 났다. 어찌 보면 일을 하면서 건강하게 임신 기간을 보낸 것도, 마음 편히 아이를 낳은 것도, 출산 이후 어렵지 않게 방송에 복귀한 것도 모두 대표님 덕분이다.

　　　　　　　　　(아내 대신 엄마가 되었습니다)

일본의 난임센터에서 임신에 성공한 이후 한국으로 돌아와 믿고 따랐던 산부인과 선생님과 아기가 배 속에서 커가는 모습을 지켜볼 수 있다는 점도 좋았다. 초음파로 아기의 심장 소리를 들은 것도, 성별을 확인하고 4D 영상으로 아기의 얼굴과 몸을 구석구석 살펴본 것도 모두 선생님 곁에서였다. 선생님은 다른 환자가 있는 공간에서 내가 '사유리'라는 이름으로 호명되는 것이 불편할까 봐 병원에서는 '유리'라는 이름을 사용할 수 있도록 섬세한 센스까지 발휘해주셨다.

원정 언니와 지혜에게도 물심양면으로 도움을 받았다. 방송에 함께 출연하는 원정 언니는 녹화 틈틈이 내게 몸이 힘들지는 않은지 물으며 배려해주었고 덕분에 임신 중에도 편히 방송에 임할 수 있었다. 출산에 임박해 일본으로 가기 전에는 반려견 오리코를 흔쾌히 맡아주겠다고 해서 걱정 없이 일본으로 떠날 수 있었다.

절친 지혜에게도 임신 초기에 사실을 털어놓았다. 임신 진단을 받은 지 얼마 지나지 않아 지혜의 집에 놀러 갔는데 자꾸만 신 음식을 찾는 날 보면서 지혜가 의심의 눈빛을 보냈고, 지혜라면 괜찮을 것 같아 임신을 순순히 시인했다. 지혜는 그런 나를 보면서 아무것도 묻지 않고 그저 '축하한다'고 해주었다.

그게 어쩌나 고맙던지. 나중에 들어보니 내가 얼마나 간절하게 엄마가 되고 싶어 했는지 알고 있었기 때문에 그저 축하해주고 싶었다고, 지혜 역시 다른 것은 생각나지 않더라고 했다. 그 후로도 지혜는 임신 중에 방송에서 입을 수 있는 옷들을 잔뜩 빌려주는가 하면 임신 막달까지, 출산을 한 이후로도 필요한 물건부터 고민 상담까지 큰 도움을 주었다.

〈이웃집 찰스〉 PD님에게도 감사한 마음을 어떻게 갚아야 할지 모르겠다. 출산을 위해 일본으로 가기 직전에야 PD님에게 임신 사실을 고백했는데 PD님은 방송 하차가 아닌 잠정 휴식 처리를 해주었다. 출산 이후 얼마나 일본에 머물러야 할지 알 수 없었고, 어차피 아기를 낳고 사실을 밝히면 계속해서 같은 프로그램에 고정 출연할 수는 없을 거라고 생각했다. 휴직과 동시에 자연스러운 하차가 될 줄 알았는데, 당분간만 쉬는 걸로 해두자고 PD님이 먼저 말해주는 게 아닌가. 거기다 내가 출산 소식을 밝히기 전까지 비밀도 전혀 새어나가지 않았다. 같은 여자로서 말하지 않아도 이해되는 마음이 있었던 걸까. 멋진 PD님 덕분에 아기와 한국으로 돌아온 후 같은 프로그램에 무사히 복귀할 수 있었다.

임신을 계기로 새 친구도 사귀었다. 배가 부른 내 모습을

〈 아내 대신 엄마가 되었습니다 〉

좀 더 특별하게 사진으로 남기고 싶어 배에 〈토마스와 친구들〉 분장을 하러 갔을 때 만난 보디페인팅 선생님이 공교롭게도 한국인이었다. 일본에서 만났고 처음에는 일본어로만 대화했기 때문에 긴가민가했는데 이야기를 나누다 보니 한국인임이 확실해졌다. 그때까지도 임신 사실을 한국에 밝히지 않았기 때문에 혹여 이 선생님을 통해 소문이 날까 봐 조마조마했다. 선생님은 일본에 정착한 지 10년이 넘었다고 했고, 지금은 〈미운 우리 새끼〉 같은 한국 예능 프로그램만 조금 본다고 했다. 헉, 나 〈미운 우리 새끼〉에 출연한 적 있는데. 나를 아는 건가 모르는 건가, 아는데 모르는 척해주는 건가? 보디페인팅을 받는 동안 계속 이야기를 나누며 눈치를 살폈는데 이 사람, 한국의 방송인 사유리는 아는데 내가 사유리라는 걸 알아채지 못한 것 같았다. 하긴 마스크를 쓰고 있는 데다 '그 사유리'가 만삭의 몸으로 일본에 있을 거라고는 생각하지 못할 테니까. 말을 주고받다 답답해진 나는 결국 내가 사유리라는 걸 실토하고 말았다.

"어머, 그 사유리 씨라고요? 헉, 진짜네!"

그때부터 더 유쾌한 이야기들이 오갔고 우리는 곧바로 친구가 되었다. 또 한 명의 한국인에게 비밀을 공유하게 되었지만 든든하고 믿음직스러운 사람이었다. 그날 보디페인팅을 받

은 후에도 일본에 있는 동안 자주 만나 밥을 같이 먹으며 수다
를 떨었고 아기를 낳고 나서도 새로 페이스페인팅을 받아 기념
사진을 촬영했다. 이 친구와는 한국에 돌아온 지금까지도 연락
을 하며 소식을 주고받는다.

　이런 것을 보면 하늘이 아주 매정하지는 않다. 남편 대신
아기와 인복이라니. 이 정도면 꽤 괜찮은 거래(?)다. 운명의 신
께 새삼 감사한 마음이 들었다.

복싱하고 입원하면 안 될까요

만삭에 가까워져서도 복싱 레슨을 빼놓지 않고 받았다. 그런데 출산 예정일이 몇 주쯤 남은 어느 날 복싱 레슨을 받고 나오는데 갑자기 배가 아팠다. 위통이었다. 처음에는 뒤늦게 입덧이 오는 건가 싶었다. 이튿날 부랴부랴 병원에 가니 임신성당뇨 경계에 있다는 진단을 받았다. 자칫하면 임신중독증으로 이어질 수 있는 위급한 상황이었다. 의사는 며칠 내로 분만을 해야 할지 모르겠다고, 당장 입원하는 게 좋겠다고 했다.

"오늘 1시에 복싱 레슨을 잡아뒀는데, 레슨만 받고 다시 오면 안 될까요?"

"절대 안 돼요."

그길로 서둘러 입원을 했다. 출산 이후까지 있을 병원이었다. 입원 서류를 제출하고 아기가 태어나면 발목에 채울 이름표에 내 이름을 적었다. 예정보다 조금 빠르긴 했지만 산모 침대 옆에 놓인 작은 아기 바구니를 보고 나니 점점 실감이 났다.

코로나 때문에 병원에 입원하기도 쉽지 않았다. 만삭 임산부라도 보호자나 간병인을 대동할 수 없었고 분만실에서까지 마스크를 써야 했다. 가만히 있어도 숨이 가쁜데 마스크까지 쓰자니 몹시 답답했다. 다른 산모들도 모두 이런 고생을 하고 있겠지. 2020년의 산모 동지들이여, 같이 힘내자고요. 분만실에도 보호자 없이 혼자 들어갔다. 배 속에서 끊임없이 움직이는 아기가 있으니 외롭지는 않았다. 이제 곧 만나겠구나.

가능하면 무통 주사의 도움을 받아 자연분만을 하고 싶었고 임신 중 검진을 받는 동안에도 의사 선생님에게 꾸준히 내 의견을 피력해왔다. 한국에서 나를 봐주었던 선생님은 충분히 가능하다고 했지만 막달에 당뇨 수치가 갑자기 오르면서 한 치 앞을 내다볼 수 없게 되었다. 입원한 병원에서는 상태가 더 나빠지면 제왕절개밖에 답이 없다고 했다. 다행히 입원 후에 수치가 조금 떨어졌다. 의사는 내일까지만 기다려보고 이대로 상

(아내 대신 엄마가 되었습니다)

태가 유지되면 자연분만을 시도해보자고 했다. 이제 내가 할 수 있는 일은 없다. 화살은 내 손을 떠났다. 어떤 방법이든 곧 아기를 본다. 마음을 편히 먹기로 했다.

그 덕분인지 분만실에 누워 대기하는 중에도 웃음을 잃지 않을 수 있었다. 분주하게 분만대를 꾸리는 간호사 선생님들과도 계속해서 대화를 나누었다. 내가 한국에서 왔다고 했더니 선생님들은 신기해하며 너도나도 한국에 대해 알고 있는 이야기들을 꺼냈다.

"선생님 인스타그램 아이디 있어요? 우리 인스타 친구 할래요?"

"네, 좋아요!"

"아이디가 뭐예요? …에에, 산모님 팔로워가 왜 이렇게 많아요?"

"어… 제가 한국에서 방송 활동을 조금 하고 있어요."

"네에?"

내가 연예인임을 밝히자 분만실은 더욱 시끄러워졌다. 지금도 한류가 강세라더니, 정말인가 보네. 어느새 분만대로 가까이 다가온 간호사 선생님들이 내 주위를 완전히 에워싸고 질문을 쏟아냈다.

"BTS 본 적 있어요? 다른 한국 연예인은요? 연예인 많이 봤어요?"

"저 일본에서 쌍꺼풀수술 했는데 한국에서 다시 하고 싶어요. 좋은 병원 알아요?"

"저하고도 인스타 친구 해요! 코로나 끝나면 한국에 여행 갈래요!"

나는 이렇게 분만실의 아이돌이 되었다. 이 정도라면 아기 낳는 일도 꽤 할 만한걸? 다가올 고통은 꿈에도 상상하지 못한 채 나는 그렇게 분만 직전까지 웃음을 잃지 않는 철부지 산모가 되었다.

파란 눈의 낯선 얼굴

"저 죽었어요?"

"아직 안 죽었어요."

'아직…?'

방금 전까지 죽을힘을 다해 배를 밀어내고 있었는데 어느 순간 암전이었다. 눈앞이 까매졌다. 그러다 눈을 떠보니 분만 대를 둘러싼 의사와 간호사 선생님들이 나를 내려다보고 있었다. '아직' 안 죽었다니… 이상하게 웃음이 났다. 아, 아직 안 죽어서 다행이다.

진짜로 아기가 나오는구나, 하는 순간에 내가 기절한 모양이다. 분만하면서 출혈이 너무 많았던 탓이라고, 700cc 넘게 피를 흘렸다며 하마터면 위험할 뻔했다는 말을 들었다. 죽을 고비를 넘긴 거구나. 뭐라고 대꾸할 기운도 없이 기진맥진한 채로 분만대에 누워 의사의 설명을 들었다. 다행히 지금은 나도 아이도 큰 문제가 없단다. 자연분만까지 무사히 해낸 것이다.

아빠를 위해서도 나는 절대 죽으면 안 되었다. 나중에 집에 돌아가서 들었는데 내가 임신성 당뇨와 임신중독증으로 위험하다는 이야기를 들은 아빠가 잠시 정신을 잃으셨다고 한다. 그렇잖아도 임신 기간 내내 나를 보며 마음을 졸였는데, 그 소식을 듣고는 간신히 버티던 마음 줄이 뚝 끊어져버렸나 보다. 아빠도 무사히 깨어났고, 이제는 다 괜찮다. 잘했어 사유리. 잘했어 우리 아가. 잘했어 우리 아빠.

내가 분만대에 누워 가물가물한 정신을 부여잡으며 후처치를 받는 동안 얼추 피를 닦아낸 아기가 내 옆으로 왔다. 처음 아기를 보던 순간에 대해 질문을 많이 받는다. 나는 그 짧은 순간 아기 쪽으로 고개를 돌리기가 조금 무서웠다. 산부인과에서 4D 초음파와 그 입체 영상을 토대로 만든 아기 얼굴 예상 사진을 확인하긴 했지만 그것으로는 아기의 모습을 확신할 수 없었다. 사실 그 사진을 보면서도 모르는 사람을 보는 기분이었다.

(아내 대신 엄마가 되었습니다)

그도 그럴 것이 정자 기증자의 얼굴이나 외모를 보지 못했으니 어떤 사람의 어느 부분과 내 어디가 어떻게 섞여 있을지 외형을 구체적으로 상상할 수 없었다. 아무리 머릿속에 그려보려고 해도 낯선 얼굴에 대한 막연한 두려움만 쌓일 뿐이었다.

나는 용기를 내어 가까스로 고개를 돌렸다. 가장 먼저 눈에 들어온 건 쌀알만 한 손톱 끝자락에 가느다랗게 끼어 있는 피였다. 아, 정말 내 배 안에 있던 아기구나, 내가 아홉 달 동안 품고 있었던 아기구나, 뭉클함과 함께 이상하게도 안도감이 들었다. 정작 아기의 얼굴을 보고서는 (무정하게 들릴지 모르겠지만) 큰 감흥이 들지 않았다. 어떤 산모는 아기가 너무 예뻐서 보자마자 어쩔 줄을 몰라 하거나 감격해 울기도 하던데, 나는 그렇지는 않았다. 실은 조금 어색했다. 처음 보는 파란 눈의 낯선 얼굴.

사람마다 조금씩 다르겠지만, 아기를 향한 내 사랑은 '첫눈에 반한 사랑'은 아니었다. 보자마자 사랑에 빠지지는 않았다. 그런데 하루하루 시간이 지날수록 사랑이 커진다. 매일 어떻게 이만큼이나 더 사랑할 수 있는지 놀랄 만큼, 때로는 조금 무서울 만큼 사랑이 쌓여간다. 하루하루 달라지는 아이를 따라 사랑스러운 모습이 매일 새롭게 눈에 들어온다. 동시에 아기의 눈동자에도 나를 향한 무한한 믿음과 사랑이 쌓여간다. 아기의 얼굴이 어떻든, 첫인상이 어떠했든, 내가 아이를 사랑할 준비가 되어 있다면 시간은 우리에게 매 순간 사랑을 선물한다. 그렇게 우리는 매일 다른 사랑을 한다.

로망의 산후조리원

드디어 산후조리원에 들어가는 날이 되었다. 일본에는 산후조리원 문화가 없다. 그런데 마침 내가 출산할 당시 입원했던 병원 근처에 산후조리원 한 곳이 새로 문을 열었다. 부산의 한 산후조리원 시스템을 철저하게 벤치마킹해서 한국 스타일로 운영할 계획이라는 말을 듣고 기대감에 가득 차 바로 예약을 했다.

임신을 한 뒤로 출산 경험이 있는 친구들에게 산후조리원에 대한 이야기를 자주 들었다. 누군가의 눈치를 보지 않고 마음 편히 몸을 추스를 수 있을 뿐 아니라 비슷한 시기에 출산을 경험한 산모들끼리 매일같이 얼굴을 마주하다 보면 금세 친구가 된다고, 그 '조리원 동기' 인연이 아기가 자랄 때까지 이어진다고 했다. 생년월일이 비슷한 아이들을 키우다 보니 같은 시기에 비슷한 고민을 마주하게 되고, 함께 모여 육아 정보와 꿀팁을 공유하다 보면 나중에는 급할 때 서로의 아이를 봐주는 믿음직한 '이모들'로 발전하게 된다고. 모두 비슷한 또래의 아기가 있으니 함께 외출해서도 그보다 든든할 수가 없다고, 아기들도 어렸을 때부터 비슷한 나이의 형제 같은 친구가 생기니 아주 좋더라고. 그렇게 나의 조리원 로망은 커질 대로 커졌다.

조리원 생활은 무척 편했다. 무엇보다 육아 전문가에게 아기 보는 법을 하나부터 열까지 차근차근 배울 수 있어서 좋았다. 아기를 안는 법부터, 분유를 타고 먹이는 법, 기저귀 가는 법, 씻기는 법까지 나 같은 초보 엄마들에게 조리원은 학교나 다름없었다. 거기다 아기를 보고 몸을 다시 회복하는 일 외에 식사 준비나 청소 같은 다른 집안일은 아무것도 신경 쓰지 않아도 되니까 오롯이 나와 아기에게만 집중할 수 있었다. 그렇잖아도 출산 이후 몸이 많이 약해져서 천식이 도졌고 자연분만의 후유증으로 밑의 통증도 이어지고 있었다. 도넛 방석과 좌욕 찜질에 새삼 감사했다. 식사는 조금 아쉬웠다. 한국 조리원에서 나오는 요란한 한식 차림 사진을 몇 번 보고 났더니 정갈한 일식이나 간단한 서양식이 서운하게 느껴질 때가 있었다. 그래도 바로 집에서 산후조리를 했다면 이렇게 빨리 몸을 회복하지 못했을 것이다.

하지만 무언가 허전했다. 정이 없다고 해야 할까. 시스템은 한국과 비슷했지만 사람들이 달랐던 탓이다. 내가 꿈꾸던 '조리원 로망'은 휴식보다는 '조리원 동기'에 초점이 맞춰져 있었는데 동기의 얼굴을 보는 것조차 쉽지 않았다. 공용 공간인 식당에서는 각자 말없이 밥만 먹었고, 볼일을 마친 뒤에는 바로 객실 같은 개인 공간으로 쏙 들어가기 바빴다. 알아주는 '인싸'인 나도 그 고요한 분위기에 주눅이 들었다. 코로나 때문에 개인 간 벽이 더 높아진 것 같았다. 간혹 왁자지껄한 소리가 나서 고개를 돌려보면 모두 중국인 산모들이었다. 그들 무리에 끼기는 더욱 어려웠다.

아기가 첫째인지 둘째인지, 누구를 닮았는지, 모유 수유를 할 건지 분유를 먹일 건지, 자연분만을 했는지 제왕절개를 했는지, 워킹맘인지 전업주부인지, 기저귀는 어디 것이 좋은지, 집에 뭘 더 마련해둬야 할지, 실컷 대화를 나누고 싶은데 나중에는 입이 심심하고 좀이 쑤셔서 못 견딜 지경이었다. 처음에는 호텔방 같던 조리원의 개인실이 감옥처럼 느껴졌다. 이렇게 아기와 나 둘뿐이라면 조리원에 온 의미가 더 이상 없었다. 결국 나는 예약한 2주를 다 채우지 못하고 일주일 만에 조리원을 나왔다. 차라리 하루 종일 내 이야기를 들어줄 수 있는 엄마한테 갈래. 너무 심심해!

9시 뉴스 데뷔

"연예 뉴스 말고 보도국 뉴스로 내보내자. 나를 믿어봐."

출산 이후 어떤 통로로 소식을 알릴지 고민하는 내게 원정 언니는 이렇게 조언해주었다. 내가 임신했을 때부터 사실을 알고서도 비밀을 지켜주고 응원하면서 여러모로 도움을 주었던 고마운 사람. 언니는 내 출산 소식을 세상에 알리는 일에 대해서도 현명한 조언을 해주었다.

나와 원정 언니 모두 이 소식이 연예 기사로 나가지 않는 편이 좋겠다는 데 동의했다. 중요하고 심각한 일인데 가십처럼 확대 재생산되지 않았으면 했다. 웃음거리나 '세상에 이런 일이'풍으로 소비되지 않기를 바랐다. 물론 첫 보도가 나가고 나면 후속 기사나 사람들의 반응을 완전히 통제할 수는 없겠지만 출산을 처음으로 알리는 일만큼은 가볍지 않았으면 했다. 평범한 임신과 출산이 아니었기에 더욱 조심하고 싶었다. 내 고민을 들은 언니는 그렇다면 연예부보다는 보도국을 통해 기사를 송출하는 편이 좋겠다고 했다. 내가 원하는 방향으로 보도될 수 있도록 믿을 만한 기자도 연결시켜 주었다.

이때 내 인복을 다시 한번 실감하고 감사했다. 끝까지 비밀을 지켜준 가까운 친구들에게도 진심으로 고마웠다. 미처 사실을 알리지 못한 지인들에게는 미안한 마음이 컸다. 그중에는 개그맨 남희석 오빠처럼 친분이 깊은 사람도 있었는데 아무래도 남자에게는 밝히기가 더 어렵기도 했고 이래저래 좋은 때를 재다 타이밍을 놓친 사람도 있었다.

출산 예정일이 얼마 남지 않았을 때 엄마는 그런 가까운 사람에게는 내가 직접 알리는 편이 낫지 않겠냐고 했다. 뉴스로 소식을 접하면 서운해할 거라고. 하지만 어디까지 몇 명에게 알릴 것이며, 임신은 그렇다 치고 정자를 기증받았다는 이야기를 어떻게 꺼낸담. 주위 사람들에게 항상 아무렇지 않게 웃으며 큰 소리로 별별 이야기를 다 하는 나지만 그런 내게도

(아내 대신 엄마가 되었습니다)

'정자 기증을 받았다'는 말은 선뜻 내놓기가 너무 어려웠다. 게다가 이야기를 시작하면 분명 대화가 길어질 텐데, 한 사람 한 사람에게 같은 말을 몇 번이고 반복해야 한다고 생각하니 가슴이 답답해져왔다. 결국 다른 지인에게도 기사를 통해서 알리기로 했다.

2020년 11월 6일, 아기를 출산한 지 이틀 만에 조리원에서 기자와 전화로 인터뷰를 했고 11월 16일, 엄마가 된 내 모습이 9시 뉴스를 통해 전파를 탔다. 방송 생활 15년 만의 첫 9시 뉴스 데뷔였다.

"꿈일까 무서워요"…자발적 비혼모 선택한 방송인 사유리

KBS 〈미녀들의 수다〉 등으로 우리에게 친숙한 일본 출신 방송인 사유리 씨가 이달 초 건강한 아들을 출산했습니다. 미혼으로 알려진 사유리 씨는 실제 결혼하지 않고, 정자은행을 통해 임신을 하고 일본에서 아이를 낳았습니다. 한국 사회 통념으론 익숙하지 않은 방법으로 엄마가 된 겁니다. (…) 자발적 '비혼모'가 된 과정을 세상에 알리기로 결심한 건 아이에게 당당한 엄마가 되고 싶어서였습니다. "거짓말

하지 말라고 가르치고 싶은데. 내가 거짓말하는 엄마가 되고 싶지 않아요."

이제 모든 것은 내 손을 떠났다. 뉴스가 나간 지 몇 분 지나지 않아 내 휴대전화에는 알림 소리가 쉴 새 없이 울리기 시작했다.

나의 전부

후지타 유.

내가 가장 좋아하는 야구선수 다르빗슈 유의 이름을 따서 아기의 이름을 '유'라고 지을까 생각했다. 다르빗슈 유도 내 아이처럼 혼혈인데 미국 메이저리그에서 최고의 아시아 선발투수로 맹활약하고 있다. 세상에 갓 나온 내 아이도 혼혈이라는 이유로 주눅 들거나 차별받지 않고 자신의 재능을 마음껏 발산하며 살기를 바랐다.

아니면 내가 존경하는 유대인 의사 빅토어 프랑클의 이름을 빌려 '빅토어'는 어떨까? 발음하기 조금 어렵긴 하지만. 내가 럭비를 좋아하니 뉴질랜드의 럭비 선수 소니 윌리엄스의 이름에서 '소니'라는 이름을 따오는 건? 이름을 아예 '럭비'라고 지을까? 그렇지만 아이가 자라서 럭비를 좋아하지 않게 되면 놀림을 받을 텐데. 절친 지혜도 딸을 낳고서 아이의 이름을 고민할 때 존경하는 사람이나 좋아하는 사람의 이름을 여럿 떠올리다 배우 김태리처럼 예쁘게 크면 좋겠다는 바람을 담아 '태리'라는 이름을 선택했다고 한다.

그런데 이상하게 내 머릿속에 '젠'이라는 이름이 자꾸만 떠올랐다.

"'젠'이라는 이름 어때?"

"글쎄… 좀 종교적인 느낌인데."

외국인 친구에게 어감을 물으니 일본식 불교인 '선禪'이 가장 먼저 떠오른다고 했다. 반면 한국인이나 일본인 이름 같지 않아서 어느 나라에서나 통하고 누구나 어렵지 않게 발음할 수 있어서 좋다고 하는 친구들도 있었다. 개성도 있고. 엄마 역시 내 뜻이 가장 중요하다고, 사유리 네가 가장 원하는 대로 하는 게 좋은 거라며 전적으로 나를 믿어주었다. 나는 작명과 성명학에 조예가 깊은 지인에게 '젠(전)'에 해당하는 한자 중 이름으로 사용하기 좋은 한자를 찾아봐달라고 부탁했다. 최종 결정된

(아내 대신 엄마가 되었습니다)

한자는 전부의 전, 온전 전全. 그렇게 젠은 나의 '전부', 후지타 사유리의 아들 후지타 젠藤田全이 되었다.

특정 국적의 이름 같다는 느낌이 나지 않으면서도 단순한 이 이름이 마음에 쏙 들었다. 무엇보다 '나의 전부'라는 의미가 가슴 깊이 와닿았다. 이보다 더 내 마음을 잘 표현할 수는 없을 것 같다. 아빠는 당신의 손자가 '글로벌한 사람'으로 자라면 좋겠다고 했는데 할아버지의 그런 바람과도 딱 맞아떨어지는 이름이다. 다만 한국에서도 이름이 자주 노출될지 모르는데 한국 사람들에게는 어감이 좀 낯설지 않을까 걱정이 되었다. 그런데 나중에 젠의 이름을 공개했을 때, 자기 아이도 이름이 젠이라며 반갑다고 메시지를 남겨준 한국의 선배 엄마가 있었다. 2년 전 쯤 남자아이를 낳아 젠이라는 이름으로 키우고 있어서, '동생' 젠이 더 반갑고 친근하게 느껴진다고 했다. 그러고 보니 요즘에는 여자아이에게 '제니'라는 이름도 흔히 사용하니 상관없을 것 같았다. 갈수록 국제적인 이름을 선호하는 경향이 한국에서도 강해지고 있고, 세례명을 이름으로 사용하는 경우도 흔하니까.

나는 품에 안긴 아기를 조심스레 불러보았다.

"안녕, 젠? 네 이름은 나의 전부야."

이름을 지었으니 출생신고를 하러 갈 차례였다. 한국에 돌아가 생활하려면 젠의 여권도 만들어야 하니 서둘러야 했다. 작성한 서류를 시청에 제출하기만 하면 끝인 간단한 과정이었는데 마치고 나니 기분이 조금 이상했다. 까만 초음파 화면에서 머리도 다리도 구분이 되지 않던 배 속의 아기가 세상 밖으로 나와 이름을 얻고 한 사람으로 등본에 기록되었다. 나는 정부가 인정하는 젠의 법적 보호자가 되었다. 어쩐지 젠을 안은 어깨에 조금 더 힘이 들어갔다.

'부父' 항목은 비워두었다. 내가 직접 낳은 아기이니 아기의 아버지가 없어도 출생신고를 하는 데는 문제가 없었다. 하지만 나와 반대로 아기의 양육자가 아버지뿐인 경우에는 출생신고에 어려움을 겪는다는 이야기를 듣고 조금 놀랐다. 일본도 한국도 결혼하지 않고 아기를 낳은 경우 '친모'만 자녀의 출생신고를 할 수 있다고 한다. 유전자 검사를 통해 생물학적 친부임을 확인받아도 아기의 아버지가 출생신고를 하려면 친모의 인적 사항을 모른다는 것을 법적으로 증명해야 하거나 친모가 서류상 행방불명 처리되어 있어야 하고 별도의 소송을 거쳐야 하는 등 문제가 아주 복잡했다.

이런 탓에 출생신고를 하지 못한 채 아기를 키우며 힘들

〈 아내 대신 엄마가 되었습니다 〉

어하는 싱글대디가 적지 않다는 기사를 보았다. 법적으로 존재하지 않는 아이이기 때문에 예방접종도 맞을 수 없고 병원에도 어린이집에도 갈 수 없다고, 한 싱글대디가 울먹이며 토로하고 있었다. 해당 법은 유전자 검사가 발달하기 전에 마련된 것인데 법의 변화가 기술의 속도를 따라가지 못하고 있다고, 기사 말미에 적혀 있었다. 유기되는 아기를 위한 베이비박스를 운영하고 있는 교회나 사찰도 친권이나 가족관계등록법 등 복잡한 문제로 '미등록' 아기를 새로운 가정에 입양시키는 데 어려움을 겪는다고 한다.

기술은 빠르고 법은 늦고 그 사이에서 사람들은 혼란스럽다. 홀로 출산을 준비하면서 맞닥뜨린 막막함과 비슷한 종류의 답답함을 느꼈다. 아기를 낳고 나니 세상의 다른 아기들이 새삼 눈에 밟힌다. 젠에게는 내가 있지만 엄마도 아빠도 갖지 못한 채 세상에 나온 아기들이 적어도 지금보다는 어렵지 않게 새로운 양육자와 행복해질 수 있으면 좋겠다. 그 외로울 아기들을 생각하니 마음 한편이 무거워졌다.

내리사랑

어린아이가 집에 이렇게 생기를 가져다줄 줄은 몰랐다. 오빠는 결혼한 후로 쭉 분가해 살았으니 아기 울음소리가 수십 년 동안 끊겼던 집이다. 그런데 젠의 등장과 함께 순식간에 집 안 구석구석이 분주해졌다. 이제 막 외할아버지 외할머니가 된 엄마 아빠의 들뜬 모습에 나조차도 적응이 안 될 지경이었다. '나의 전부' 젠은 곧 엄마 아빠에게도 전부가 되었다.

새벽부터 아침 9시까지 내가 젠을 보고, 아침 9시부터 정오까지는 베이비시터 이모님의 도움을 받았다. 이모님이 퇴근하면 저녁까지는 엄마와 아빠가 교대를 맡았다. 시간이 많이

(아내 대신 엄마가 되었습니다)

흐르긴 했지만 두 아기를 건강하게 키워낸 엄마는 역시 베테랑이었다. 경력은 무시할 수 없는 거구나. 새삼 깨달았다. 분유를 먹인 뒤 트림을 시키는 일부터 나와는 자세가 완전히 달랐다. 내가 아무리 등을 두드려도 나오지 않던 트림이 엄마 품에 가면 금방이었다. 한번은 20분 넘게 한참을 두드려도 나오지 않던 트림이 엄마 어깨에서 3분 만에 나오기도 했다.

"아기를 어깨 위에 올려야 해. 잘 봐."

"와아, 베테랑이네, 베테랑."

"너한테도 똑같이 했으니까."

젠을 품에 안은 눈앞의 엄마 너머로 아기 사유리를 품에 안은 엄마의 모습이 그려졌다. 지금은 이렇게 노련한 할머니지만 그때는 엄마도 나처럼 서툴렀겠지? 방금 전까지 존경스러운 선배님이던 엄마에게 갑자기 동료애가 샘솟았다.

아빠에게도 도움을 많이 받았다. 처음에는 '아기를 볼 줄은 아는 거야?' 싶어 못 미더웠는데 아빠 역시 나보다는 경력자였다. 분유를 먹이거나 기저귀를 가는 실무(?)에서는 조금 떨어져 있었지만 틈만 나면 젠과 눈을 맞추고 젠을 안아주었다. 젠의 몸무게가 급속도로 늘면서 젠을 오래 안고 있기가 점점 버거워졌는데 그럴 때마다 든든한 지원군이 되어주었다.

임신 중에도 주위 사람들에게 도움을 많이 받았는데 아기를 낳고 나니 다른 사람의 도움 없이는 생활이 거의 되지 않았다. 직접 육아 전선에 뛰어들고 나서야 아이를 키우는 데 가장 중요한 건 엄마의 건강, 그러니까 나의 건강이라는 걸 깨달았다. 그리고 육아를 하는 동안 엄마인 내가 몸과 마음의 건강을 유지하려면 필수적으로 타인의 도움을 받아야 한다는 결론에 다다랐다. 나에겐 육아의 절반을 맡아줄 남편도 없으니, 더 적극적으로 주변의 도움을 받기로 했다.

이미 육아에서 멀어져도 한참이나 멀어진 엄마 아빠를 다시 전쟁 같은 육아 현장 한가운데로 떠밀게 되어 마음이 편치 않았지만 내게 믿을 구석은 부모님뿐이었다. 1분 초과 요금까지 칼같이 따져 받는 베이비시터 이모님에게 주눅이 든 후로는 엄마에게 더 기대고 말았다. 어릴 때나 지금이나 곤란한 일이 생기면 엄마부터 생각나는 게, 아기를 낳고서도 나는 영락없는 어린아이였다.

엄마 아빠는 그런 나와 젠을 무한한 내리사랑으로 보듬어주었다. 이제 막 걸음마를 시작한 아기를 돌보듯, 나와 젠을 품어주었다. 임신도 출산도, 엄마 아빠가 없었다면 정말이지 절대 해내지 못했을 것이다. '내리사랑은 있어도 치사랑은 없다'

는 한국어 속담이 있다더니 그 말이 꼭 맞았다. 내가 엄마 아빠에게 받은 사랑을 두 사람에게 다시 돌려줄 수 있을까? 아무리 생각해도 자신이 없다.

집 안을 종종거리며 오가는 엄마를 문득 바라보았다. 젠이 없을 때도 한시도 가만있질 못하던 엄마다. 젠이 집에 오고 나서는 그 동동거림이 더 빨라졌다. 나는 그 분주한 등에 대고 조용히 물었다.

"엄마, 내가 죽으면 어떨 거 같아?"

"전에는 나도 죽어버려야지, 생각했는데 이제는 젠이 있으니 괜찮아. 안 죽을래."

사랑이 넘치는 엄마는 사랑이 넘치는 할머니가 되었다.

시간의 마법

아이를 낳기 전에는 한강 주변을 따라 자주 산책을 했다. 머리를 비우고 잡생각을 정리할 수 있어서 좋았다. 한참을 걷다 보면 마음도 차분해졌다. 그러다 뒤를 돌아보면 내가 이렇게 오래 걸었나 싶게 먼 길을 와 있었다. 그때의 아득함.

아기를 키우면서도 그 기분을 마주한다. 매일 볼 때는 몰랐는데, 뒤를 돌아보면 아기를 향한 사랑이 놀랄 만큼 커져 있다. 아무 생각 없이 걸어온 것 같은데 벌써 이렇게 되었네. 사실 젠이 태어난 이후의 하루는 정신없이 지나간다. 우는 아이를 달래서 먹이고 재우고 기저귀를 갈아주다 보면 밤이 되어 있기

〈 아내 대신 엄마가 되었습니다 〉

일쑤다. 그런 날들을 쌓아나가다 뒤를 돌아보면 젠을 향한 사랑을 주체하지 못하는 내가 거기 서 있다.

시술을 받고 임신을 준비하면서 내 몸으로 아기를 낳아 기르는 일에 의미를 뒀는데, 막상 아이가 태어나니 중요한 건 핏줄이 아니라 함께한 시간이라는 생각이 든다. 아이를 낳는 것으로 끝이 아니라, 그때부터 우리는 시작된 것이다. 우리의 사랑도, 우리 가족도.

내가 가진 가장 오래된 기억이 있다. 두세 살쯤 되었을 때였는데 할아버지, 아빠와 함께 수영장에 갔다. 엄마는 왜인지 없었다. 아빠가 헷갈렸는지 내게 수영복을 거꾸로 입혀주었다. 그래서 무척 불편한 채로 수영을 했다. 가슴에 닿던 수영복의 촉감, 찰랑거리던 물소리, 조심스럽게 물을 가르던 내 팔과 다리. 수영복을 뒤집어 입었던 것 외에는 특별한 일도 없었는데 이상하게도 그날의 기억이 유난히 선명하다.

또 다른 기억은 안타까움과 함께 시작된다. 서너 살쯤, 부모님과 함께 할아버지 댁에 간 날이었는데 내가 좋아하는 사촌 언니 옆에서 자고 싶어서 나 혼자 할아버지 댁 바로 옆의 고모네 집으로 갔다. 그렇게 고모 가족들과 함께 잠들었는데, 갑자기 주위가 소란스러워지더니 고모가 나에게 소리를 질렀다. 아홉 살이던 사촌 언니가 옆에서 "엄마랑 사유리 엄마랑 싸운 걸 가지고 왜 사유리를 괴롭혀?"라고 말하면서 고모를 말렸다. 나는 그 상황이 무서워서 고모네 집 계단 밑으로 내려가 엉엉 울었다. 고모는 올케인 엄마가 미워서 그 딸인 내게 화풀이를 했다. 그때의 고모 나이가 되어 보니(아니, 그때의 고모보다 지금 내 나이가 더 많다) 고모의 행동이 더 안타깝게 느껴진다. 한편으로는 잘못한 것도 없는 어린아이에게 소리를 지르며 분풀이를 하는 어른은 되지 말자고 한 번 더 배우게 되었다.

고모도 사촌 언니도 그때의 일을 기억하지 못할 것이다. 내가 이 일을 기억하고 있다는 사실조차 모르겠지. 하지만 그날의 기억은 마치 어제 겪은 일처럼 내 안에 생생하게 남아 있다.

젠을 보면서 나의 어린 시절 기억을 자꾸만 되짚어보게 된다. 대체 무슨 기준으로 어떤 기억이 평생 남는 거지? 갑자기 무서워지기도 한다. 젠의 첫 기억은 무엇이 될까? 기분 좋은 순간이면 좋겠는데. 그 기억 속에서 내가 찡그리고 있거나 짜증을 내고 있으면 어쩌지? 꼭 24시간, 일주일 내내 방송 촬영을 하는 느낌이다. 젠의 눈과 귀가 카메라가 되어 내 일거수일투족을 기억이라는 필름에 저장하고 있는 것만 같다. 백지 상

〈 아내 대신 엄마가 되었습니다 〉

태의 필름에 내가 주인공인 영상만 끊임없이 녹화되고 있다니, PD님 너무 부담스러워요. 그래서 화가 나는 순간에도 목소리를 낮추게 된다.

그뿐인가. 다른 많은 사람들과 마찬가지로 나 역시 스마트폰 없이는 아무것도 하지 못하는데, 이러다 젠이 손바닥만 한 화면을 바라보는 구부정한 엄마의 모습만 기억하게 될까 봐 요즘에는 의식적으로 스마트폰도 조금씩 멀리하고 있다. 정말이지 호랑이 선생님이 따로 없다.

그렇게 하루는 주눅 든 신인 방송인이 되었다가, 또 하루는 이제 막 학교에 다니기 시작한 어린아이가 되었다가 한다. 엄마가 되는 일이 다 이런 건가? 매섭게 쌓여가는 시간 속에서 기억과 사랑, 가족을 만들고 있다.

마음대로 되지는 않겠지만

 젠이 아직 말도 못 하고 걷지도 못하니 성격을 구체적으로 파악할 수는 없지만, 어떤 사람으로 자랄지에 대해서는 마음껏 상상해보고 있다. 아마도 머리가 평균보다 특별히 더 좋지는 않을 것이다. 나를 닮았으면 분명 그럴 테고, 정자 기증자를 볼 때도 지능지수보다는 정서적·감정적 면을 더 중요하게 생각했으니 공부에 재능이 있지는 않으리라. 성적으로 나를 기쁘게 해주기를 바라지도 않는다.

 나는 젠이 '비겁하지 않은 사람'으로 자랐으면 좋겠다. 자기 잘못을 인정할 줄 아는 사람이 되었으면 한다. 누구나 살면서 잘못을 한다. 그때 남의 뒤에 숨거나 거짓말 혹은 변명으로 자신을 가리거나 타인에게 잘못을 뒤집어씌우지 않으면 좋겠다. 자기 잘못을 인정하고 실수를 통해 배우고 성장하는 씩씩한 사람이 되기를 바란다.

'착한 것'과 '비겁하지 않은 것'은 다르다. 착하지만 비겁한 사람도 있다. 오히려 착해서 비겁해지는 경우가 많은 것 같다. 그런 사람은 상대를 다치게 한다. 나는 고등학생 시절부터 일본 밖으로 나가 생활했고 한국에서도 15년 이상 방송 활동을 했다. 그동안 정말 다양한 사람들을 많이 만나왔는데, 내게 가장 큰 상처를 입히고 나를 가장 힘들게 했던 사람은 비겁한 사람이었다. 젠은 부디 그런 사람이 되지 않았으면 한다.

비겁한 사람은 약한 사람이다. 약하기 때문에 자꾸만 무언가에 숨고, 자신을 거짓으로 꾸며내고, 스스로를 똑바로 바라보지 못한다. 상대의 입장을 헤아리지 못하고 자신만 생각하며 무례하게 굴다가 결국에는 상대를 상처 입힌다. 사람들과 제대로 된 관계를 맺지 못한다.

젠이 강해지면 좋겠다. 신념이 곧고 솔직한 사람으로 키우고 싶다. 자신의 잘난 면도 못난 면도 정직하게 인정하고, 타인과 진심을 나누는 어른으로 자랄 수 있도록. 자기보다 나쁜 처지에 있는 사람이나 약한 사람의 입장을 이해하고, 자기 안의 사랑을 주저 없이 나눠줄 수 있도록.

젠이 책을 좋아하는 사람으로 크면 좋겠다. 나도 공부를 잘하지는 못했지만 어릴 적부터 독서를 무척 좋아했다. 책을 통해 더 넓은 세상을 만나고 경험해보지 못한 것까지 생생하게 느끼면서 무엇과도 비교할 수 없는 즐거움을 얻었다. 젠도 그런 기쁨을 만끽하면 좋겠다. 책 읽는 아이로 키우려면 책을 읽으라고 말하기보다 양육자가 먼저 책 읽는 모습을 보여주어야 한다고, 엄마가 책을 읽으면 아이도 자연스럽게 엄마를 따라 책을 읽게 된다는 이야기를 많이 들었다. 다행히도 이것만큼은 쉽게 해줄 수 있다. 독서는 여전히 내게 큰 즐거움이니까.

젠이 외형이나 가진 것으로 사람을 평가하거나 판단하지 않으면 좋겠다. 어린 시절, 부잣집 아이들만 다니는 사립 초등학교 근처에서 자전거를 타면서 놀고 있는데 내 자전거를 발로 넘어트리며 "가난한 집 애가 왜 여기 와서 놀아"라고 하면서 내게 소리를 지르는 아이가 있었다. 아마 그 아이도 부모님이 집에서 하는 말을 그대로 따라 한 것이겠지. 그 아이도 잘못된 교육의 피해자 중 하나라고 할 수 있다. 젠은 그러지 않으면 좋겠다. 지금부터 나도 무척 조심하고 있다. 한번은 젠을 돌봐주는

(아내 대신 엄마가 되었습니다)

이모님이 젠을 안고 텔레비전을 보다가 지나가듯 "저 사람 정말 부자네"라고 중얼거린 적이 있다. 그때 "이모님, 젠 앞에서는 '부자'라거나 '누가 돈이 많다'는 이야기는 가급적 하지 않으시면 좋겠어요"라고 정중히 부탁드리기도 했다.

말하다 보니 어쩐지 똑똑한 아이로 키우기보다 훨씬 이루기 힘든 꿈을 꾸는 것 아닌가 하는 생각이 든다. 거기다 마음처럼 절대 안 되는 게 육아이고 자녀 교육이라고, '자식 이기는 부모 없다'는 말도 지겹도록 들었다. 그래도 이럴 때 아니면 또 언제 이런 상상을 해보겠나 싶어 젠의 미래를 마음껏 그려보고 있다. 미래라고 하니 좀 거창하지만 직업이나 외모보다는 성격이나 마음 같은 부분을, 이런 상황에서는 이런 말을 하고 이렇게 마음을 쓸 줄 알았으면 좋겠다 하고 바라보는 것이다.

그렇게 상상의 나래를 펼치다가도 문득 겁이 난다. 젠이 어떤 사람으로 자라느냐가 온전히 나에게 달려 있다는 책임감이 어깨를 짓눌러 오기 때문이다. '부부 싸움 하는 모습을 보여서 아이에게 상처 줄 일은 없겠구나' 하고 잠시 생각한 적이 있다. 서로 다른 교육관으로 남편과 다투거나 시댁의 육아 간섭으로 힘들어하지는 않아도 되겠다고, 그런 부분에서는 좋은 점도 있다고. 하지만 그건 오직 나의 행동과 말, 교육관만이 젠에게 전해진다는 뜻이기도 하다. 그렇다면 내가 먼저 좋은 사람이 되어야겠구나. 내가 먼저 '이런 사람이 되었으면 좋겠다'의 '이런 사람'이 되어야 하는구나. 뒤늦은 깨달음에 머리가 띵해졌다. 어린이가 어른의 스승이라더니, 정말 틀린 말 하나 없다.

〈 아내 대신 엄마가 되었습니다 〉

울어도 괜찮아

객관적으로 보면 젠은 돌보기 어려운 아기가 아니다. 특별히 예민한 기질도 아니고 배가 고프다든지 기저귀를 갈고 싶다든지 졸립다든지 무언가 확실히 원하는 것이 있을 때만 주로 운다. 불만을 해결해주면 금세 울음을 그친다. 어떤 아기들은 숟가락 놓는 작은 소리에도 놀라서 운다는데, 젠은 한번 잠들면 바로 옆에서 청소기를 돌려도 깨지 않는다. 이렇게 효자일 수가 없다.

하지만 그런 젠이 울 때, 내가 젠의 요구 사항을 똑바로 알아차리지 못하면 문제가 좀 복잡해진다. 분유도 주고, 기저귀도 갈아주고, 쪽쪽이도 물려주고, 업어주고 안아줬는데도 계속 울 때는 어떻게 해야 하는 거지? 하루는 내내 울음을 그치지 않아서 진땀을 흘렸다. 나도 같이 주저앉아 울고 싶었다. 우는 것 말고는 의사소통을 할 방법이 없으니 젠도 얼마나 답답할까. 콩떡같이 울어도 엄마인 내가 찰떡같이 알아들어야 하는데. 미안해, 젠. 주변의 다른 엄마들 이야기를 들어보면 육아 때문에 잠을 못 자는 게 가장 힘들다고 하는데, 나는 이렇게 젠과 말(?)이 통하지 않을 때가 가장 힘들다. 아이가 뭘 원하는지 제대로 알지도 못하고, 너 같은 건 엄마 자격도 없다고 혼쭐이 나는 것만 같다.

엄마의 말에 따르면 나는 젠과 반대로 아주 예민한 아이였다고 한다. 신생아 때부터 유치원에 갈 나이가 될 때까지도 돌보기가 쉽지 않았다고. 유치원에서도 정해진 낮잠 시간에 잠을 자지 않아서 선생님과 엄마를 모두 힘들게 했다. 다른 아이들은 전부 잠이 들었는데 나 혼자만 멀뚱히 깨어 있으니 그게 싫어서 낮잠 시간에 울고, 매일 아침마다 유치원에 가기 싫어서 엄마를 붙잡고 울었단다.

"학교에 가면 힘들어서 잘 자겠지 싶어서 그냥 뒀어."

역시 무적의 우리 엄마다. 아침마다 생떼를 부리는 나에게

(아내 대신 엄마가 되었습니다)

도 '학교에 가면 다 괜찮아질 것'이라고 하면서 별달리 나를 달래주지 않았다. 실제로 학교에 진학하고서 훨씬 나아졌다. 육아는 가끔 이런 태도도 필요한 것 같다. 아이의 억지나 투정에 모든 신경을 곤두세우고 단 한 순간도 울지 않도록 발을 동동거린다면 내가 먼저 지쳐 나가떨어질지 모른다.

이따금 젠이 우는 것을 멍하니 바라보기도 했다. 아기는 왜 우는 모습까지 예쁠까? 언젠가는 아빠가 우는 젠을 보면서 '우는 건 건강하다는 증거'라고 흐뭇해했는데 그 뜻을 알 것도 같다. 힘차게 우는 아기를 보고 있으면 에너지가 느껴진다. 삶의 활력이랄까, 생동감이랄까. 이제 갓 세상에 나온 존재의 우렁찬 자기표현. 아랫니가 슬며시 올라올 즈음에는 보일 듯 말듯한 그 쌀알 두 개가 너무 귀여워서 입을 벌리고 우는 젠을 앞에 두고 웃음을 터뜨리기도 했다.

육아가 힘들지 않다고 하면 거짓말이다. 혼자 어렵게 아이를 가졌고 오롯이 나의 의지만으로 선택한 길이니 불평하거나 하소연할 자격이 없는 거 아니냐고 할 사람도 있겠지만. 솔직히 말하자면 나는 왜 산모들이 출산 후에 아이를 보다가 우울증을 겪는지 뼛속 깊이 이해했다. 건강이 완전하게 회복되지도 않은 몸으로 퇴근도 주말도 없는 24시간 풀타임 근무를 하는데 멀쩡하면 그게 비정상 아닌가?

일본에서는 부모님의 도움을, 한국에 돌아와서는 베이비시터 이모님의 도움을 받았지만 주말에는 나와 젠 둘뿐이었다. 나는 젠을 안은 채로 변기 위에 앉아 용변을 보고, 머리를 감다가도 젠이 우는 소리가 들리면 머리카락에 샴푸 거품을 잔뜩 올린 채로 젠 앞으로 달려갔다. 누구의 도움도 받지 않고 이런 생활을 매일 하는 사람도 있겠지. 바깥일과 육아와 집안일을 모두 해내는 사람도 있겠지. 이루 말할 수 없는 존경심이 밀려들었다.

남편이 있었다면 달랐을까? 아니, 사랑하는 사람과의 결혼이 아니라면 몸도 정신도 더 힘들었을 것이다. 생각지도 못하게 마음속 대답이 빠르고 분명하게 들려왔다. 중매나 소개를 통해 급히 결혼한, 온전히 사랑하지도 않는 상대가 육아에 적극적으로 동참해줬을까? 그런 남자에게 내가 진심을 말할 수 있었을까? 아마 이런저런 생각들로 지금보다 두 배는 더 감정을 소모했을 것이다.

육아에 지쳐 힘들어질 때마다 나는 소용없는 생각으로 부정적인 감정을 불러내기보다 긍정적으로 에너지를 쓰려고 노

〈 아내 대신 엄마가 되었습니다 〉

력했다. 신나는 음악을 들으면서 아기와 몸을 더 많이 움직이고 집 밖으로 나가 바깥 풍경을 구경하며 아기에게 쉴 새 없이 말을 걸었다. 그러면 피곤해진 젠은 금세 곯아떨어졌고, 나에게도 잠시 쉴 틈이 생겼다. 몸으로 터득한 나만의 효율적인 육아법이었다.

(우리 가족을 소개합니다)

사유리
(Sayuri)
^
Human, ♀

모모코
(Momoco)
^
Dog, ♀

젠
(Zen)
^
Human, ♂

오리코
(Orico)
^
Dog, ♀

사랑
(Sarang)
^
Dog, ♂

사유리

(Sayuri)

⌃

Human, 우

외국인이자 연예인, 싱글맘이자 워킹맘이다. 가끔 글도 쓰고 그림도 그린다. 맛있는 것과 음악 듣는 것을 좋아한 다. 성을 빼고 '사유리', '유리짱', '유리 언니' 등으로 불린 다. 일본에서 왔지만 한국 생활 15년째, 지금은 거의 한국 인이다. 임신하기 전에도 겁이 없고 엉뚱한 성격이었는 데 엄마가 된 지금은 정말이지 무서울 게 없다. 아기 젠 과 강아지 두 마리를 책임지고 있는 가장으로 고군분투 하고 있다.

젠

(Zen)

︽

Human, ♂

2020년 11월 4일, 엄마를 빨리 만나고 싶어 예정일보다 일찍 세상에 나왔다. 3.2kg으로 건강하게 태어나 4개월차에 8.5kg, 9개월차에 11kg를 훌쩍 넘어서 그야말로 폭풍 성장 중이다. 먹는 걸 좋아하고 잘 웃는다. 의사 표현이 확실하고 호기심이 많다. 한번 잠이 들면 바로 옆에서 청소기를 돌려도 좀처럼 깨지 않는 효자. 불만이 없으면 여간해서는 울지 않는 근엄한 성격이다.

모모코

(Momoco)

︽

Dog, ♀

웃는 얼굴이 예쁜 아가씨.

똑똑하고 용감한 성격으로 식탐도 욕심도 많다. 저보다
몸집이 두 배는 더 큰 시바견과도 당당히 맞서 싸울 만큼
겁이 없다. 작은 몸으로 여러 번의 주사를 맞고 쓰디쓴
약을 먹으며 고통스러운 항암 치료를 받으면서도 씩씩하
게 마지막을 견뎌냈다. 2019년 3월 19일, 사유리 곁에서
별이 되었다.

오 리 코

⟨ Orico ⟩

⌃

Dog, ♀

착하고 차분한 요조숙녀.

사람에게 관심이 많고 눈치도 빠르다. 겁이 많아서 시바
견과 맞서는 모모코를 본 뒤로 한동안 모모코를 무서워
했다. 집에 사유리의 친구들이 놀러오면 한 사람 한 사람
표정을 유심히 살피며 다정하게 인사를 나눈다. 이제 막
가족이 된 아기 젠에게도 사랑을 듬뿍 베푼다.

사랑

(Sarang)

⌃

Dog, ♂

항상 사랑이 고픈 철없는 소년.

젠이 태어나기 전까지 집의 막내로 사유리의 사랑을 독차지했다. 요즘은 젠에게 막내 자리를 빼앗겨서 시무룩하다. 그래도 젠을 미워하지 않는다. 사실은 젠이랑 같이 놀고 싶은 눈치다. 젠이랑 같이 공놀이할 날을 기다리고 있다. 젠이 얼른 커야 할 텐데.

🏠 2020년 11월 4일, 아기는 무사히 태어 났다. 작다. 너무 작다. 하루는 외계인 같다 가, 하루는 천사 같다가… 행복하고 힘들 고 기쁘고 피곤한 날들. 엄마가 되고 있다.

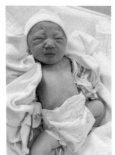

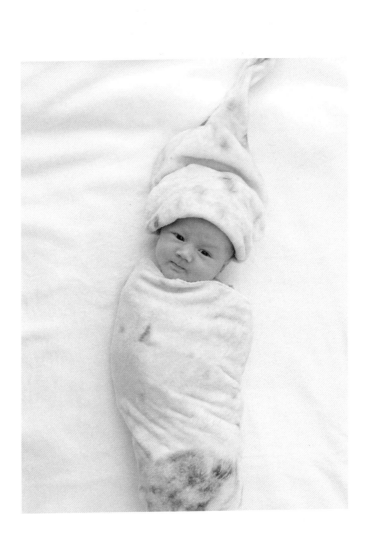

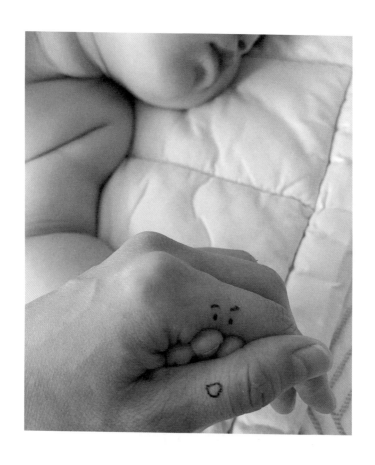

♠ 작은 손, 큰 미래. 언젠가는 내 손과 발보다 커지겠지? 믿기지 않는다.

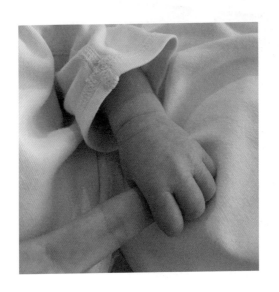

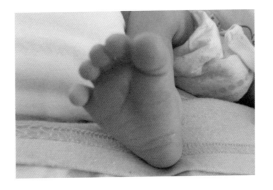

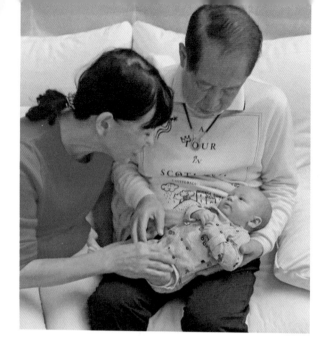

🏠 시끌벅적 매일이 축제 같은 우리 집. 사랑이 넘치는 엄마 아빠는 사랑이 넘치는 할머니 할아버지가 되었다. 손주가 예뻐서 어쩔 줄을 몰라 하면서도 나보다 훨씬 능숙하게 아기를 봐주었다.

Part 3.

1호가 될 수 있어

걱정도 참견도 응원도

"진짜 임신했어? 아기를 낳았어?"

"응, 미리 얘기 못 해서 미안해."

9시 뉴스에 내 소식이 보도된 후 바로 주변 사람들의 전화와 문자메시지가 쏟아졌다. 실은 보도가 나가기 1시간 전 쯤에 친한 지인들에게는 '아기를 낳았다'고 짧게만 메시지를 보냈다. 갓 태어난 신생아 젠의 사진 한 장과 함께. 처음에는 아무도 믿지 않았다. 당연했다. 나는 임신 32주차까지 만삭의 배를 숨긴 채 방송 녹화를 했고, 출산을 위해 일본으로 건너간 것이 9월 말이었다. 출국 직전에 녹화를 해두었던 방송이 10월 말까지 텔레비전에 나가고 있었으니 지인들은 황당했을 것이다. '엊그제까지 방송에 나오던 애가 애를 낳았다고?' 아마도 이렇게 생각했겠지.

"이 외국인 아기는 누구야?"

"ㅋㅋㅋㅋㅋㅋㅋㅋㅋㅋㅋㅋ"

"러시아 아기인가 보지?"

다들 처음에는 농담으로 받아들였다. 내가 평소에도 워낙 농담을 좋아해서 '양치기 소녀' 이미지까지 있었기에 정말이지 아무도 믿지 않았다. 내가 "진짜 진짜"라고 하니 증거를 대보라고, 그럼 지금 애를 낳고 병원에 누워 있기라도 한 거냐고 되물어왔다. 나는 그렇다면서, 조리원 침대에서 젠을 내 위에 눕히고 찍은 셀카를 보내주었다. 그제야 하나둘씩 진지하게 받아들이기 시작했다. 그러던 참에 뉴스가 송출되었고, 온갖 언론사에서 후속 보도를 동시다발적으로 쏟아내기 시작했다.

나는 뉴스가 사실이라는 걸 확인해주고 미안하다는 말을 하느라 정신없이 메신저 채팅 창과 문자메시지 창을 오가며 손가락이 아프도록 휴대전화 화면을 두드려야 했다. 임신했다고만 해도 놀랄 일인데, 이미 아이까지 낳았다고 하니 다들 더 당황한 눈치였다. 가까이에서 자주 얼굴을 보던 사람이 어떻게

〈 아내 대신 엄마가 되었습니다 〉

그리도 감쪽같이 숨겼느냐고 원망 어린 핀잔을 주기도 했고, 드문드문 연락이 이어지던 사람이 스마트폰 화면 한가득 장문의 메시지를 보내오기도 했다. 모두에게 답을 하느라 휴대전화에 불이 났다.

그래도 마지막에는 다들 축하해주어서 힘이 났다. 아무런 말도 하지 않고 선물이나 아기용품을 덜컥 보내는 지인도 있었다. 각자 저마다의 방식으로 응원을 해주었다. 솔직한 심정으로는 가까운 사람들에게도 이해받지 못하면 어떡하나 조금 두려웠는데 하나같이 내 입장을 진심으로 이해해주어서 마음이 놓였다.

물론 가장 걱정했던 것은 모르는 사람들의 반응이었다. 예측하긴 어렵지만 대부분이 부정적으로 받아들일 거라고 생각해서 각오를 단단히 했다. 온갖 악플이 쏟아질 테니 댓글창은 보지 말아야겠다고, 머릿속으로 시뮬레이션까지 돌려두었다. 악플에 영향을 받는 타입은 아니지만 일반적인 반응이 그렇다면 앞으로 한국에서의 방송 활동이 힘들어질 것은 대비해두어야겠다고 생각했다. 어쩌면 한국에서 더 이상 생활하지 못하게 될 수도 있다. 일본으로 돌아가는 건 내키지 않으니 하와이에 가서 팥빙수 가게를 차리자. 어떻게든 먹고살 수는 있겠지. 거기까지 구상해두었다.

　그런데 너무나 뜻밖에도 응원과 축하의 목소리가 물밀듯 밀려들었다. 기사 댓글창은 물론이고 내 SNS와 유튜브 채널에도 댓글이 줄을 이었다. 내가 전부 읽지도 못할 만큼이어서 얼떨떨했다. '주변 시선은 신경 쓰지 말고 앞만 바라보고 열심히 살면 된다', '사유리의 용기와 인생 모두 진심으로 응원한다', '출산은 여성의 선택이고, 사유리와 젠에게 모두 박수를 보낸다'고 했다. SNS 메시지를 따로 보내는 사람도 많았다. 일일이 답장을 보낼 수 없어서 고맙고 미안했다. 몇몇 글을 보면서는 울컥한 마음에 눈물이 나기도 했다.

　뉴스가 나간 후 나의 선택을 존중하고 환영한다는 내용의 기사도 잇달아 나왔다. 〈나도 사유리처럼?…10명 중 3명 "결혼 없이 아이 괜찮아"〉 〈사유리 비혼 출산에…"나도 할 수 있지 않을까" 여성들 호응〉 〈남편은 모르겠고, 아이는 낳고 싶어…'비혼모' 사유리의 용기〉 등의 언론 보도를 보니 사람들의 달라진 인식이 새삼 실감되었다.

　당연히 비난도 있었다. '정자 기증'을 받아 출산한 일이 자연의 섭리를 거스르는 행위라는 사람부터 왜 하필(?) 외국인의 정자를 기증받았는지를 집요하게 파고들어 손가락질하는 사

람, 아이는 생각하지 않고 자신만 생각한 이기적인 선택이라고
하는 사람까지 종류도 다양했다. 틀린 내용을 사실인 양 말하
면서 비난을 이어가는 사람도 있어 답답하고 억울한 부분도 없
지 않았지만 반박하고 따져 묻지는 않았다. 모든 반응에 그런
식으로 대응할 수도 없거니와 비난이 '정말 이게 다라고?' 싶을
정도로 미미했기 때문이다. 온라인 어딜 보나 압도적인 선플에
비해 악플은 간혹 가다 하나 있을까 말까 했다. 이만하면 감지
덕지였다.

'아이가 받을 차별이 걱정이다'라는 말에는 젠이 떠올라
조금 신경이 쓰였지만 적어도 그런 걱정을 해주는 사람들은 젠
을 차별하지 않을 테니까. 걱정해주셔서 고맙습니다. 앞으로도
차별을 없애는 데 힘써주세요. 마음속으로 속삭였다.

모든 비판이 틀렸다고는 생각하지 않는다. 직접 이 일을
경험한 나조차도 '비혼 출산'을 적극 지지하는 입장이 아니니
다양한 의견이 있을 수 있다. 만약 내 앞에 다른 선택지가 있었
다면, '결혼 후 출산'이라는 길이 있었다면 나는 주저 없이 그
쪽을 선택했을 것이다. 그러고 나서 비혼 출산을 고민하는 지
인에게 '미쳤어?'라고 했을지도 모른다.

나는 그저 절실한 마음으로 내 앞에 놓인 최선의 선택을

했다. 그 결과 지금의 나와 젠이 있다. 우리 둘의 존재는 OX 퀴즈가 아니다. 누군가 X 버튼을 누른다고 해도 나와 젠이 세상에서 사라지지 않는다. 이렇게 생각하니 마음이 편해졌다. 걱정도 참견도 응원도 감사합니다. 비판은 앞으로 우리가 어떻게 사는지 조금 더 두고 본 다음에 해도 되지 않을까요? 우리 모습을 꼭 지켜봐주세요!

《 아내 대신 엄마가 되었습니다 》

용기를 주고받는 사이

    쏟아지는 응원 메시지를 보며 세상이 정말 많이 변했다는 걸 실감했다. 그것도 아주 빠른 속도로. 5년만 더 일렀어도 내 선택이 이렇게까지 환영받지는 못했을 것이다. 마침 한국 사회가 '다양한 가족 형태'에 대해 차츰 시선을 열고 있었던 덕분이다. 레즈비언 커플이나 게이 커플이 매체에 조금씩 모습을 드러냈고, 연인 간의 사랑에 기반한 관계가 아니더라도 가족을 이루고 살 수 있다고 말하는 사람들도 등장했다. 결혼과 혼인 신고를 하지 않고 함께 사는 커플, 아이를 낳지 않고 생활하는 딩크 부부, 1인 가구는 흔해진 지 오래다. 그런 의미에서 나는 정말 운이 좋았다.

동시에 앞서 길을 열어준 사람들이 대단하게 느껴졌다. 보편적이지 않은 정체성이나 선택을 세상에 드러내는 일은 그 자체로 나서서 가시밭길을 걷겠다는 선언과 다름없다. 그걸 뻔히 알면서도 용기를 내어 세상 밖으로 나와준, 홍석천 오빠 같은 사람들. 먼저 최전선에 나서서 손가락질을 받으며 '흔치 않은 존재'를 모두에게 알려준 사람들. 새삼 존경심이 피어올랐다. 그들을 보면서 나도 은연중에 용기를 얻고 있었는지도 모른다. 내가 비혼 출산이라는 낯선 길을 걷기로 결심할 때, 그 용기가 힘을 발휘해주었는지도.

나와 젠의 소식이 세상에 알려지고 난 후 내게 가장 많이 메시지를 보내오는 사람은 싱글맘과 싱글대디, 친모나 친부가 아니지만 혼자 아이를 기르고 있는 양육자들이다. 저마다 사연도 다양하다. 어린 나이에 결혼하지 않은 채로 임신했는데 친부는 사라지고 혼자 아이를 키우고 있다는 20대 미혼모부터 이혼하고 갑자기 아이와 단둘이 지내게 되었다는 중년 남성까지 나이대도 성별도 가지각색이었다. 그런데 들려주는 이야기는 모두 비슷했다. 나를 보면서 용기를 얻었다고, 내가 유튜브에서, 텔레비전에서 육아를 하는 모습을 지켜보는 것만으로 자신

〈 아내 대신 엄마가 되었습니다 〉

감과 에너지를 얻는다고 했다.

그동안은 혼자 아이를 키우는 사람은 어떻게 사는지 알
도리가 없어서, 아이에게 '우리 같은 가족'도 있다고 보여줄 수
가 없어서 답답하고 힘들었다고 한다. 그리고 보니 나 역시 젠
에게 읽어줄 그림책을 보다가 엄마와 아빠와 아기가 너무 당연
하게 등장하는 이야기가 많아서 조금 슬퍼지곤 했다. 동화책도
아무거나 읽어줄 수 없구나. 무심코 젠에게 '곰 세 마리' 노래를
불러주다 '아빠 곰' 차례에서 멈칫한 기억도 있다. 다들 비슷한
고민을 하고 있었다.

한국 사회에서 '아빠(혹은 엄마 혹은 둘 다) 없이 아이를 키
우는 일'은 여전히 일반적이지 않다. 아이가 있으면 응당 엄마
와 아빠가 있을 것이라 생각하고 식당 종업원의 응대부터 공공
기관의 서류까지 모든 것이 엄마, 아빠, 아이로 이루어진 가정
을 기준으로 맞춰져 있다. 엄마나 아빠가 혼자 아이를 밖으로
데리고 나가면 "아빠는 어디 있어?" "엄마는 어디 있어?" 하는
말들도 쉽게 한다.

그리고 보니 9시 뉴스에 내 이야기가 보도된 이후 내 이름
과 '정상가족'이라는 단어가 함께 언론에 등장하는 일이 부쩍
늘었다. 결혼과 출산으로 이루어진 가족을 의미하는 말이라고

했다. 그럼 나랑 젠은 '비정상 가족'인가? 비정상이라니… 이렇게 시대착오적일 수가 없다. 세상이 많이 변했다는 말 취소다. 아직도 갈 길이 멀다. 아니, 많이 변했는데, 앞으로도 한참은 더 많이 변해야 할 것 같다.

같은 처지의 싱글맘이나 홀로 육아를 하고 있는 보호자에게 메시지를 받을 때면 그 변화에 내가 조금이나마 보탬이 되고 있는 것 같아 기쁘다. 동시에 책임감과 부담감도 밀려든다. 대부분의 사람들이 싱글맘이나 한부모가족을 예능 프로그램보다는 9시 뉴스의 좋지 않은 기사로 접한다. 그런 나쁜 이미지가 굳어져 있는 것이 안타깝다. 대부분의 싱글맘들이 온 힘을 다해 아기를 사랑하고 아이를 제대로 키우기 위해 사력을 다하고 있다는 걸 더 널리 알리고 싶다. 방송인으로 활발히 활동하고 있는 만큼 밝고 긍정적으로 육아하는 모습을 보여야겠다고 매일 다짐한다.

결혼에는 뜻이 없지만 아이는 낳아 키우고 싶다는 생각을 하면서도 사람들의 시선이나 편견이 걱정되고 엄두가 나지 않아서 마음속에 담아두고만 있었는데 나를 보면서 가능성이 아주 없지는 않다는 생각에 위안을 받았다는 댓글도 보았다. 꼭 '나와 같은 선택을 하겠다'가 아니라 결혼이 아니더라도 가족

〈 아내 대신 엄마가 되었습니다 〉

을 만들어 살 수 있다는 선택지가 하나 더 생겼고, 그 선택을 우리 사회가 별다른 거부감 없이 받아들이는 것을 보면서 그 자체로 일종의 해방감을 느꼈다고.

싱글맘의 자녀임을 밝혀오는 사람들의 메시지도 있었다. 기억도 나지 않는 어릴 적부터 엄마와 단둘이 지내왔는데 텔레비전에 나오는 나를 보면서 자신의 엄마도 이런 마음으로, 이런 모습으로 나를 키웠겠구나 조금이나마 상상해볼 수 있어서 좋다고, 고맙다고 했다. 내 덕분에 자신의 엄마를 더 깊이 이해하고 사랑하게 되었다는 메시지를 받았을 때는 정말이지 울지 않을 도리가 없었다.

의도하지도 기대하지도 않았지만 쏟아지는 응원 메시지를 받으며 나도 덩달아 기운이 났다. 내 안에도 씩씩하게 살아갈 용기가 자라나는 느낌이었다. 용기를 주고받는 사이라니, 멋진걸.

앞으로도 우리가 생각하지 못했던 더 많은 형태의 삶이 눈앞에 나타날 것이다. 10년만 지나도, 아니 5년만 지나도 나와 젠 같은 가족은 너무 흔해서 뉴스거리도 되지 않을지 모른다. 그때 그 모양이 어떻든, 이유가 무엇이든 조금 다르게 사는 사람들이 있는 그대로의 자신을 자유롭게 드러내고 모두 함께 어울릴 수 있으면 좋겠다. 그 세상은 젠이 살아갈 세상이기도 하니까. 그런 미래를 위해 우리가 이렇게 용기를 나누고 있는 거라고 믿는다.

〈 아내 대신 엄마가 되었습니다 〉

행복은 셀프

정자 기증을 받아 임신을 시도하기로 결심했을 때 사람들의 시선을 걱정하지 않은 건 아니었다.

"남편 없이 다른 사람의 정자를 기증받아서 아이를 가지면 어떨 것 같아?"

결혼이나 출산에 대해 딱히 구체적인 계획이 없던 때에도 나는 가까운 친구들에게 이런 질문을 하곤 했다. 내가 정자 기증에 큰 거부감이 없었기 때문에 다른 사람들은 대체로 어떻게 생각하는지 궁금했다.

"어우, 징그러워. 말도 꺼내지 마."

대부분이 같은 반응이었다. 낯설고, 이상하고, 자연스럽지 않은 일이라 징그럽다고. 하지만 요즘은 난임 부부들도 시험관 시술을 많이 받는데… 어디까지가 '자연스러운' 일인 거지? 그때는 속으로만 생각하고 넘어갈 수밖에 없었다. 아마 다들 깊이 생각하지 않고 떠오르는 대로 대답한 것일 테지. 거기다 대고 나 혼자 진지하게 100분 토론을 할 수는 없었다. 직접 말로 표현하지는 않았지만 친구의 눈빛에 서린 혐오감이 너무 강렬해서 가볍게 이야기를 꺼낸 내가 민망해질 정도였다. 당황한 나는 바로 다른 주제로 말을 돌려버렸다.

시간이 지나 젠을 낳은 후에 그 친구들에게 '네가 그때 이렇게 말하지 않았느냐'고, 나 좀 징그럽지 않느냐고 조심스레 다시 물으니 친구들은 그때 내 질문을 제대로 기억조차 하지 못했다. 심지어 자기가 언제 그런 말을 했냐는 듯, 요즘 사유리네가 나오는 '슈돌'이 너무 재미있다며, 둘이 사는 모습이 무척 보기 좋다고까지 했다. 역시나 그때는 자기와 상관없는 먼 세계의 이야기라고 생각해서 대충 대답하고 넘겨버렸던 것이다.

그때 내가 친구들의 대답을 진지하게 받아들여서 정자 기증을 통한 임신이나 출산의 가능성을 내 삶에서 아예 배제해버렸다면? 생각만 해도 등골이 오싹해진다. 젠이 없는 삶이라니.

〈 아내 대신 엄마가 되었습니다 〉

젠이 없는 채로 마흔셋이 된 사유리라니. 남자친구는 곁에 있을지 모르지만 몸은 진작 임신이 불가능한 상태가 되었을 것이다. 그때 영영 아기를 갖지 못하게 되었다는 사실을 내가 받아들일 수 있었을까? 지금만큼 행복할 수 있었을까?

많은 사람들에게 응원과 격려, 지지를 받고 있지만 나는 누군가에게 칭찬받기 위해 지금의 삶을 선택한 것이 아니다. 남들의 비난이 두려워 내가 원하는 삶을 포기하지도 않았다. 손가락질이 두렵지 않았다고 하면 거짓말이지만, 그보다는 내가 진정으로 원하는 삶을 살지 못하는 것이 더 무서웠다. 그러고 보면 두려움이라는 감정이 얼마나 상대적인지.

실제로 자신의 앞에 놓인 갈림길을 두고 중요한 선택을 남에게 의탁하는 사람이 있다. 이 선택으로 내 인생이 완전히 달라질 수 있다는 부담감에 방향키를 남에게 넘겨버리는 것이다. 내게도 임신과 출산, 결혼에 관련해서 '이런 상황인데 어떻게 하는 게 좋겠느냐'고 조언을 구하는 메시지가 자주 온다. 그럴 때마다 내가 해줄 수 있고, 하고 싶은 말은 '남의 이야기를 듣지 마세요'뿐이다. 조언을 듣지 말라는 뜻이 아니다. 그 조언에 집착하거나 타인의 말에 지나치게 휘둘리지 말라는 의미다. 내가 원하는 게 무엇인지를 정확히 아는 사람은 나뿐이다. 누구도 나보다 절실하게 나를 생각해줄 수 없다. 누구도 내가 가장 원하는 삶이 무엇인지를 나만큼 고민해주지 않는다.

내 모국인 일본도, 제2의 고향인 한국도 다들 지나치게 타인의 시선을 의식한다. 특히 요즘 들어 자신의 일거수일투족을 불특정 다수에게 쉽게 공유할 수 있게 되면서 그런 경향이 더 심해진 것 같다. 내가 알지 못하는 사람들의 조언이나 비판까지 어렵지 않게 접할 수 있고, 삶에 없어서는 안 될 필수 정보인 양 떠도는 말들도 너무 많다. 하지만 한번 타인을 의식하고 남의 의견에 영향을 받기 시작하면 금방 나 자신을 잃어버린다.

내 행복은 오직 나만이 결정할 수 있다. 진정으로 나를 위하고 나의 행복과 안녕만을 바라는 사람이라도 나의 행복이나 불행까지 대신해주지는 못한다. 네 말을 따랐다가 내가 이렇게 불행해졌다고, 책임지라고 뒤늦게 울부짖어봐야 아무 소용이 없다. 누구도 내 인생을 책임져주지 않는다. 게다가 남들의 시선과 말에 맞춰 사는 삶을 정말 행복한 삶이라고 할 수 있을까? 다른 사람이 정해놓은 기준에 맞춰 살기 위해 애쓰는 삶을 정말 '내 삶'이라고 할 수 있을까?

그러니 무언가 고민되는 일이 있을 때 '남들이 어떻게 생각할까'를 걱정하기 전에 내가 정말 원하는 것이 무엇인지를

(아내 대신 엄마가 되었습니다)

더 깊이, 진지하게 생각해보면 좋겠다. 혼란스러울수록 더욱더, 나 자신에게 집중하고 내 목소리와 속마음에 귀를 기울여야 한다. 치열한 고민 끝에 한 가지 결론에 도달했다면 내 선택과 결정을 믿어보자. 나처럼 목숨보다 더 소중한 존재를 만나게 될지도 모른다.

불행도 셀프

나의 행복은 나에게 달렸다고 굳게 믿는 만큼 반대의 경우도 마찬가지라고 생각한다. 불행하고 싶어서 불행한 사람이 어디 있냐고 하겠지만, 내가 불행한지 아닌지는 나만이 결정할 수 있다.

"아빠 없이 자랄 아이가 불쌍하다."

젠의 불행을 벌써부터 점치는 사람들이 있다. 최근 내가 등장하는 기사나 내 SNS에 가장 많이 달리는 종류의 악플이다. 나를 향한 악플에 내가 크게 신경 쓰지 않는다는 걸 알아챘는지 젠에게 화살을 돌려 나쁜 말들을 쏟아낸다. 그럴 때면 온갖

(아내 대신 엄마가 되었습니다)

비난에도 의연하던 듬직한 매니저마저 우울증이 올 것 같다고
하소연을 한다. 저 어린 게 무슨 죄가 있다고.

"댓글 하나하나 다 읽지 마. 친한 사람이나 가까운 사람도
아니고, 내 인생에 요만큼도 중요하지 않고 경찰서가 아니라면
만날 일도 없는 사람이잖아. 그런 사람들이 뭐라고 하든 무슨
상관이야. 젠한테도 말하지 않으면 그만이야."

내가 되레 매니저를 달랜다. 연예인 매니저라는 사람이 이
렇게 마음이 약해서야, 일 오래 하겠나, 이거. 가볍게 농담을 섞
어가면서.

나는 내가 옳다고 생각하는 일에 대해서는 남들의 시선을
크게 의식하지 않는다. 주변에서 아무리 나를 칭찬해도 스스로
를 돌아봤을 때 부끄러운 점이 있다면 오히려 상처를 받는다.
반대의 경우도 마찬가지다. 내 감정의 기준이 나에게 있으면
타인의 말이나 시선에 흔들리지 않을 수 있다.

젠이 나의 이런 성격을 닮으면 좋겠다. 젠을 둘러싼 모든
사람이 젠을 불쌍하다고 해도 젠 스스로가 행복하면 그것으로
충분하다. 세상 모두가 젠에게 행복해 보인다고 해도 젠이 불
행하다고 느낀다면 내 마음은 찢어질 것이다.

젠을 가엾고 딱하게 여길 수 있다. 그건 그 사람의 마음이

다. 젠이 좀 더 자라면 젠이 듣는 앞에서 직접 그런 이야기를 하는 사람도 분명 있겠지. 그때 젠이 '내가 정말 불쌍하고 불행한 사람인지'를 의심하거나 '나는 불행한 아이구나' 하고 상대의 말을 그대로 받아들이기보다 농담처럼 유쾌하게 웃어넘길 수 있으면 좋겠다. 씩씩하고 명랑하게 자신의 결핍을 긍정하는 어른으로 성장하기를 바란다.

어차피 모든 것을 다 가진 사람은 많지 않다. 대부분은 다들 어딘가 모자란 채로 태어나고 자란다. 사실 '모든 것을 가졌다'는 말의 의미도 잘 모르겠다. 사람의 욕심은 끝이 없고, 무엇이든 가지려고 하면 밑 빠진 독에 물 붓기처럼 평생 갈증이 난 상태로 살 수도 있다. 중요한 건 빈 자리, 부족함을 대하는 사람의 마음과 태도다.

세상에는 모든 것을 가졌지만 마지막 하나를 갖지 못했다는 이유로 불행하다고 느끼는 사람이 있는가 하면 자신이 가진 단 하나만으로 행복을 찾는 사람도 있다. 자신의 행불행은 결코 남이 정해줄 수 없다.

다행히 부모님은 내게 소중한 자산을 물려주셨다. 내 안에 단단한 중심을 쌓고, 그 어떤 시비나 면박, 공격도 농담과 웃음으로 받아칠 수 있는 여유와 정서적 자산을. 나 역시 젠에게 그

〈 아내 대신 엄마가 되었습니다 〉

렇게 해줄 수 있을 것 같다. 젠이 누군가에게 "너 참 불쌍하다"는 말을 들었다며 울면서 집에 돌아온다면, 엄마가 나에게 해주었던 것처럼, "그래? 그렇다면 나도 불쌍한 사람이네, 같이 울어버릴까!" 하고 젠에게 아이스크림을 내어주려고 한다.

그리고 젠이 더 단단해질 수 있도록, 사람들에게 이런저런 말을 듣기 전에 스스로 행복해질 수 있도록 내가 열심히 노력해야겠다. 내가 젠을 행복한 사람으로 만들어주어야겠다. 젠을 가엾고 불쌍한 아이로 만드는 대신, 아빠 없는 아이로 태어나게 해서 미안하다는 말 대신, 엄마가 두 배로 사랑해주겠다고 이야기해주어야겠다. 젠이 행복한지 불쌍한지는 오직 젠만이 결정할 수 있다. 젠이 들려줄 대답이 무척 궁금하다.

슈퍼맨이 되다

　　KBS〈슈퍼맨이 돌아왔다〉는 '아빠의 육아 도전기'를 콘셉트로 하는 육아 예능 프로그램이다. 10년 가까이 주말 저녁 자리를 지키며 많은 사람들에게 사랑받고 있는 방송이었다. 그 '슈돌'에서 섭외가 들어왔다. 나는 아빠가 아닌데. 처음에는 의아했지만 나는 젠의 엄마이자 아빠이기도 하니까, 엄마 아빠의 역할을 모두 보여줄 수 있는 사람이라 제안을 받았나 보다. 그렇게 이해했다.

　　동시에 감사했다. 고정 프로그램이 많지는 않지만 출산 이후 방송 촬영으로 집을 비울 때면 미안함에 발걸음이 무거웠

〈 아내 대신 엄마가 되었습니다 〉

다. 아직 몸도 제대로 못 가누는 아기를 두고 돌아서기가 쉽지 않았다. 바깥일을 하는 도중에도 마음 한구석에서 젠이 떠나질 않았다.

젠을 데리고 출근할 수 있으면 좋겠다. 꼭 그렇게 생각하던 참에 슈돌 섭외가 들어온 것이다. 젠과 함께 방송 출연이라니. 젠을 너무 어릴 때부터 방송에 노출시키는 것에 대한 걱정도 있고 개인적인 공간인 집과 내가 육아하는 모습이 모두 공개된다는 것에 대한 부담도 있었지만 젠과 함께 일을 할 수 있다는 점에 감사했다. 제작진은 내가 젠의 엄마이자 아빠이고, 젠의 유일한 보호자이자 양육자, '슈퍼맨'이기 때문에 괜찮을 거라고, 나만 좋다면 함께 일해보자고 했다. 기쁜 마음으로 출연에 임하겠다고 제작진 측에 내 의사를 밝혔다.

하지만 내가 잠시 잊고 있었다. 나의 선택, 나와 젠의 존재를 이해하고 받아들이지 못하는 사람들이 있다는 걸. 내가 너무 속 편하게 생각했나 보다. 내가 슈돌 출연진에 합류한다는 소식이 알려지자마자 방송국 홈페이지와 '청와대 국민 청원' 사이트에는 내 출연을 반대한다는 게시물이 연달아 올라왔다. 비혼 출산 행위를 부추길 수 있다. 비혼모 가정이라는 '비정상적인' 가족 형태를 정상처럼 보이도록 할 우려가 있다. 공영방송이라면 마땅히 '바람직한' 가정상을 제시해야 한다. '건강한' 가정이라는 가치를 해치는 결정이다. 내용은 대부분 이러했다. 몇몇 단체가 나의 방송 출연을 규탄하는 기자회견과 시위를 벌이겠다고 나섰다.

이렇게까지 본격적으로 행동하는 사람이 있을 줄은 몰랐지만 임신을 준비할 때부터 방송 활동 중단까지도 각오했기에 상처받거나 영향을 받지는 않았다. 사람들의 가치관은 다양하다. 내가 혼자 육아하는 모습을 공중파 채널에서 예능으로 보고 싶어 하지 않을 수 있다. 엄마와 아빠, 아이로 이루어진 평범한 가족을 보면서 마음 편히 일요일 저녁을 보내고 싶은 사람도 많을 것이다. 당연한 일이다.

다만 이 일을 핑계로 나를 앞세워 한부모가족을 깎아내리는 말을 하는 사람들을 보면서는 조금 속이 상했다. 나와 젠을 보며 힘을 얻고 위로를 받는다는 싱글맘과 싱글대디, 한부모가족 아이들이 생각나 미안해졌다. 요즘에는 이혼도 그렇게 드문 일이 아닌데 왜 사람들은 많은 이들에게 상처가 될 수 있는 말들을 아무렇지도 않게 하는 걸까? 같은 지점에서 불쾌감을 느낀 사람들이 많았는지 나보다 더 적극적으로 화를 내주어서 감사했다.

〈 아내 대신 엄마가 되었습니다 〉

물론 이렇게 논란의 한가운데 서 있는 일이 썩 유쾌하지는 않았다. 무엇보다 슈돌 제작진 측에 죄송했다. 잘나가던 프로그램을 내가 괜한 논란에 휘말리게 한 건 아닐까. 나 때문에 프로그램이 피해를 입으면 어쩌지. 슈돌의 메인 작가님에게는 먼저 '내가 괜히 PD님도 작가님도 고생하게 만든 것 같다고, 미안하다'고 문자를 보냈다. 그리고 섭외가 취소되더라도 담담하게 받아들이자고 생각했다. 제작진 쪽에는 미안해하지 말라고, 괜찮다고, 충분히 이해한다고 말해야지. 내가 다른 방송 활동에 더 열심히 임하면 된다. 더 좋은 기회가 있을 것이다. 젠과 나의 모습은 지금처럼 SNS나 유튜브를 통해서 보여주자. 그거면 됐다. 마음을 다잡고 처분을 기다렸다. 곧 제작진의 연락이 왔다. 첫 촬영을 준비하자고.

뜻밖에도 내 출연은 번복되지 않았다. 실제로 슈돌에 나와 젠의 녹화분이 방송되기 전부터 여의도 KBS 사옥 앞에 '비혼 출산→가족 해체→동성혼 합법화 지지하는 KBS는 각성하라'라고 쓰인 현수막이 붙었는데도 제작진은 바삐 촬영 준비에만 몰두했고 현장 스태프와 여러 대의 카메라를 낯설어하는 젠을 조심스레 어르고 달래며 녹화를 했다. 그 묵묵함이 무척 고마웠다.

나중에서야 나의 슈돌 출연 반대 청원에 대한 KBS 예능제작센터 강봉규 CP님의 공식적인 답변을 읽고 다시 한 번 감격했다. 한편으로는 책임감도 느꼈다. 어렵게 우리 모자의 생활을 방송으로 보여주게 된 만큼 주눅 들거나 위축되지 말고, 너무 긴장하지도 말고 지금 내 모습 그대로 씩씩한 슈퍼맨이 되자고 스스로에게 다짐했다. 젠과 함께하는 일상을 더 많은 사람들에게 보여주게 된 것에 감사하면서.

우리나라 한부모가구 비율은 7.3%로 급증하고 있으며 한부모가구에 대한 관심과 함께 기존 기혼 가구에만 지원되던 가족 정책도 다양한 방향으로 확대되고 있습니다. 사유리 씨의 가정 역시 이처럼 다양하게 존재하는 가족의 형태 중 하나일 뿐이며, 여느 가정과 마찬가지로 많은 사람들의 축복과 응원을 받고 있습니다. 따라서 최근 다양해지는 가족 형태의 하나로 사유리 씨의 가족을 보여주고자 합니다. 한쪽으로 치우치지 않고 다양한 시선을 보여주는 것이 방송의 역할이라고 생각합니다.

또한 〈슈퍼맨이 돌아왔다〉는 어떤 가족을 미화하는 프로그

(아내 대신 엄마가 되었습니다)

램이 아닌 가족의 성장을 담담하게 바라보는 프로그램입니다. 슈퍼맨이 된 사유리 씨의 육아 일상도 있는 그대로 보여주고자 합니다. 시청자 여러분이 함께 그녀의 선택을 지켜봐주시면 감사하겠습니다.

아빠 대신 기프트

아내가 되지 않고 엄마가 되기로 한 것은 오직 내 결정이었으므로 남편이 없는 생활에 대해서는 불평하지 않기로 했다. 하지만 아빠가 없는 환경에서 자라게 될 젠에게는 미안함이 크다. 하루가 다르게 젠이 커갈수록, 젠의 행동반경이 넓어질수록 더 그렇다.

곧 걸음마를 시작하면 젠의 활동량은 엄청나게 늘어날 것이다. 몸을 움직이기 좋아하는 활동적인 성격이라면(정자 기증자도 운동을 좋아한다고 했으니) 하루도 쉬지 않고 밖에 나가 뛰어놀고 싶다고 나를 조를 수도 있다. 남자아이니까 더욱 몸으

〈 아내 대신 엄마가 되었습니다 〉

로 에너지를 발산하려고 할 테지. 최선을 다해 젠과 놀아줄 작정이지만 나의 체력에도 한계가 있고 아무래도 아빠가 있는 아이보다는 부족할 것이다.

꼭 몸으로 놀아주는 일이 아니더라도 젠에게는 나뿐이라는 사실이 아쉬울 때가 있다. 남편이 있었다면 부부가 자연스럽게 대화 나누는 모습을 보면서 젠이 말을 더 빨리 배웠을지 모른다. 지금은 조용한 집에서 나 혼자 젠에게 말을 걸어야 하니 종종 힘에 부친다.

내가 일본어를 할 줄 아니까 다문화 부부처럼 한 사람은 다른 언어를, 한 사람은 한국어를 주로 사용하면서 아이를 이중 언어 사용자로 키울 수도 있었을 것이다. 다른 언어를 하나만 더 할 줄 알아도 시야와 세계가 무척 넓어진다. 받아들이는 정보의 양 자체가 달라진다. 젠도 외국어를 하나쯤은 배우면 좋겠다. 한국에서 자라면 한국어가 모어가 될 테니 한국어-일본어 이중 언어 사용자가 될 수 있도록 열심히 젠에게 일본어로 말하고 있는데 잘될지는 모르겠다.

"나중에 젠이 자라서 아빠에 대해 물어보면 뭐라고 할 거예요?"

이런 질문도 많이 받는다. 아이가 말문을 떼고 어린이집에만 가더라도 아빠에 대해 금세 궁금해할 것이다. 나중에 젠이 성인이 되면 내 선택을 이해할 수도 있다. 그런데 다른 친구들은 아빠가 있는데 왜 우리 집에는 아빠가 없는지 알고 싶어 하는 어린아이에게는 어떻게 말해줘야 할까.

우선 나도 젠도 한 번도 만난 적 없는 사람이니 정자 기증자를 '아빠'라고 칭하기에는 무리가 있다. 언젠가 만날 수 있을 거라는 약속도 할 수 없고, 앞으로 평생 이름도 얼굴도 생사도 알지 못한 채로 살아가게 될 것이다. 나와 젠 모두. 그래서 나는 정자 기증자를 아빠라는 말 대신 기프트Gift 라고 부르기로 했다. 내게 목숨보다 소중한 젠을 선물해준 고마운 사람. 젠에게도 같은 이름으로 소개하려고 한다. 엄마가 젠을 너무너무 만나고 싶어서 기프트의 도움을 받았다고. 젠은 기프트가 엄마에게 준 최고의 선물이라고.

젠이 기프트에게 따뜻한 마음과 높은 공감 능력을 물려받았다면 내 설명과 마음을 이해해주지 않을까? 정자 기증자의 정보를 확인할 때 정자은행에서 기증자와 나눈 면담 기록도 볼 수 있는데, 기프트가 다양한 봉사 활동과 구호 활동을 꾸준히 해왔다는 내용이 내 마음에 오래 남았다. 자신보다 약하고 어

(아내 대신 엄마가 되었습니다)

려운 사람들을 위하고 도울 줄 아는 사람이라면 이 사람의 정자로 태어난 아이도 틀림없이 배려심 깊은 좋은 사람으로 자랄 것이라고 확신했다.

요즈음 가족 형태가 다양해지면서 어린이집에서도 유치원에서도 아이들에게 편견이 생기지 않도록 여러 가지 교육을 하고 있다는 이야기를 들었다. 동화나 그림책을 활용해 이혼의 개념도 설명하고 한부모가족이나 조손가정 등도 있다는 사실을 자연스럽게 받아들일 수 있도록 가르친다고 한다. 어린이집이나 유치원에서 아이들이 서로에게 큰 상처를 입힐 거라고는 생각하지 않는다. 아이들에게 상처를 주는 사람은 대개 어른이다. 초등학생 시절 아버지가 안 계신 친구와 친하게 지내는 나를 보면서 다른 친구가 "우리 엄마가 아빠 없는 애랑 놀지 말랬다"고 해서 무척 화가 나고 속이 상했던 기억이 있다. 젠이 자라서 학교에 갈 즈음에는 '저런 아이랑 놀지 마'라고 말하는 어른이 없으면 좋겠다.

많은 사람들이 비혼 출산을 선택한 나에게 응원과 지지를 보내준 것처럼 다양한 가정에서 자라는 아이들에게도 곧 동정이나 혐오의 시선을 거두고 그들을 있는 그대로 인정하고 동등한 사회 구성원으로 받아들여줄 것이라 믿는다. 그러면 젠도 중학교, 고등학교에 입학할 즈음에는 별다른 갈등이나 혼란 없이 자신의 존재와 가족을 받아들이게 되지 않을까? 지금은 그렇게 되기만을 바라면서, 나 역시 우리 사회의 일원으로 남들과 어울려 열심히 살아가는 수밖에 없다.

오리코와 사랑과 젠

    일본의 부모님 집에서 짧은 산후조리를 마친 후 엄마, 젠과 함께 한국으로 돌아왔다. 자가 격리를 끝내고 가장 먼저 원정 언니와 지인에게 맡겨둔 반려견 사랑이와 오리코를 집으로 데려왔다. 자가 격리를 하는 동안에도 한국에 있는데 보지 못한다는 아쉬움과 미안함이 컸기에 격리가 해제되자마자 바로 차에 올랐다. 이제 새로운 아기 가족과 강아지 가족을 인사시킬 차례였다.

    두 마리 강아지를 데리러 가면서도 걱정이 컸다. 아기에게나 반려견에게나 낯선 가족의 등장은 큰 불안 요소라고 했다.

집에 새롭게 아기가 생기면 기르던 반려견이 이상 행동을 하거나 아기를 경쟁 상대로 인식해 공격하는 경우도 있다고 하고, 젠이 오리코와 사랑이를 꼬집거나 털을 세게 잡아당겨 괴롭힐지도 모르는 일이다. 아기와 반려견을 함께 돌볼 때는 두 쪽 모두 다치지 않고 서로의 존재를 자연스럽게 받아들일 수 있도록 두 배로 더 신경을 써야 한다고 했다.

처음에는 보호자와 아기가 함께 있는 모습을 반려견에게 바로 보여주기보다 보호자 혼자 강아지를 맞이하는 게 좋다고 해서 나 혼자 두 강아지를 데리러 갔다. 나는 차에서 두 강아지와 반가움의 인사를 실컷 나눈 다음 잔뜩 긴장한 채로 젠이 있는 집에 강아지들을 들여놓았다. 바로 아기의 얼굴을 보여주지 말고 처음에는 아기가 방 안에 있는 모습을 멀리서 보여주고, 차츰 거리를 좁히라는 전문가의 조언을 따랐다. 사랑이와 오리코는 아마 집에 들어선 순간부터 젠이라는 낯선 존재의 냄새를 맡았을 것이다. 처음부터 서로 잘 지내는 건 바라지도 않아. 제발, 심하게 경계하지는 말아줘! 나는 속으로 간절히 기도했다.

정말 내 기도가 먹히기라도 한 것인지 사랑이도 오리코도 젠에게 큰 관심을 보이지 않았다. 좀 더 시간이 지나 젠을 가까이에서 보게 해주었는데도 두 마리 다 반응은 시큰둥했다. 젠

〈 아내 대신 엄마가 되었습니다 〉

역시 눈앞에서 얼쩡거리는 두 털북숭이에 별 관심을 보이지 않았다. 이건… 그냥 서로 '개무시'잖아…? 그래도 강아지들이 이상 행동을 보이거나 불안해하지 않아서 정말 다행이었다. 강아지가 '아기에게 주인을 빼앗겼다'고 느끼지 않도록 아기와 시간을 보낸 후에는 강아지와도 놀아주고 산책하는 시간을 충분히 가져야 한다고 해서 나만 두 배로 힘들어졌을 뿐이다. 엄마가 한국에서 도와주지 않았다면 아마 나는 체력 부족으로 탈진해버렸을 것이다.

지금은 두 마리 강아지와 젠이 잘 지내는 모습을 보면 마음 한구석이 벅차오른다. 서로를 개무시하던 두 강아지와 한 아기는 이제 조금씩 서로에게 관심을 갖기 시작했다. 평소에도 의젓하고 듬직하게 나를 지켜주려 했던 오리코는 이따금 곤히 잠든 젠의 얼굴을 빤히 바라보다가 그 곁에 조심스럽게 앉는다. 그러고는 젠의 숙면을 방해하는 것이라면 무엇이든 가만두지 않겠다는 표정으로 주위를 지킨다. 나보다 더 엄마 같은 얼굴로. 아무래도 오리코는 모성애가 넘치는 강아지인 것 같다.

반면 젠이 없던 때부터 애교 만점 막내를 자처하던 사랑이는 막내 자리를 젠에게 빼앗긴 것이 질투가 나는지 조금 못마땅한 표정으로 젠을 쳐다본다. 내게 더 자주 사랑을 갈구한다.

강아지들도 이름을 따라가는 걸까? 그래서 요즘에는 사랑이를 한 번이라도 더 쓰다듬어주려고 한다. 젠이 더 자라면 오리코는 든든한 큰누나처럼, 사랑이는 친근한 작은형처럼 젠과 놀아주지 않을까, 기대하면서.

젠도 눈동자에 초점이 생기고 손아귀에 힘이 생기면서 강아지들에게 더 반응하기 시작했다. 어쩌다 사랑이나 오리코가 젠의 주변을 어슬렁거리기라도 하면 털이 수북한 부드러운 팔다리를 잡아보려고 젠도 같이 몸을 바동거린다. 그러다 종종 오리코의 털을 너무 세게 쥐기도 한다.

"젠, 너무 세게 잡으면 안 돼. 그러면 오리코가 아프잖아. 젠이 꼬집으면 강아지가 아파해. 젠도 아픈 건 싫잖아."

그럴 때마다 젠에게 설명해준다. 아직 말도 못 하고 내 말을 정확하게 이해하지는 못하겠지만 내 표정과 말투, 행동으로 충분히 내 뜻을 이해할 거라고 믿으면서.

실은 젠이 태어나기 전에 아기를 키우는 일이 강아지를 기르는 일과 비슷하지 않을까 막연하게 상상한 적 있다. 막상 둘은 비슷하면서도 많이 달랐다. 이를테면 인간관이랄까… 개한테 무슨 인간관인가 싶겠지만, 강아지를 키울 때는 이 아이가 별이 되는 그 순간까지 '세상 모든 사람이 다 좋은 사람이구나', '사람들은 다들 나를 좋아하는구나'라고 생각하길 바라게 된다. 물론 현실은 절대 그렇지 않지만, 그만큼 살면서 만나는 모든 사람들에게 사랑받기만을 바란다. 그러나 젠을, 인간 아기를 키울 때는 '세상의 모든 사람이 다 좋은 사람은 아니'라는 걸 똑똑히 가르쳐야 한다. 강아지는 눈을 감는 마지막 순간까지 어린아이로 내 곁에 남을 수 있지만, 인간 아이는 그렇지 않으니까.

홀로 아이를 키우면서 강아지들까지 돌보는 건 지나친 욕심이라고 하는 사람도 있다. 아기와 두 마리 강아지를 모두 책임지는 것이 결코 쉽지 않다. 힘들어 죽겠다. 하지만 새로운 가족이 생겼다고 해서 그전부터 함께하던 가족을 버릴 수는 없다. 그리고 때로는 든든하게 때로는 친구처럼 오랫동안 내 곁을 지켜준 강아지들이 젠에게도 좋은 가족이 되어주리라 믿어 의심치 않는다.

젠이 어릴 적부터 강아지들과 함께하면서 인간이 아닌 존재와도 함께 살아가는 법을 배우면 좋겠다. 나보다 약한 동물에게도 주저 없이 사랑을 나눠줄 수 있는 사람이 되기를 바란다. 개가 사람보다 훨씬 수명이 짧으니 아마 두 강아지가 먼저 세상을 떠날 테고 어릴 적부터 두 마리 강아지와 평생을 함께 보낸 젠에게는 더없이 슬픈 일이 되겠지만, 그 이별까지도 젠에게 소중하고 아름다운 경험이 될 것이라 믿는다. 나 역시 몇년 전 모모코를 떠나보내면서 정신적으로 무척 힘들었지만 모모코와 함께한 시간을 결코 후회하지 않으니까. 상대가 곁에 있을 때 더 사랑하고 함께 행복해야 한다는 귀한 가르침을 얻었으니까. 젠도 분명 그렇게 생각해줄 것이다.

백 일째 사랑

젠을 만난 지 백 일이 되어간다. 일본에도 백일잔치가 있지만 앞으로 한국에서 자랄 예정이니 한국의 전통 백일잔치를 하고 싶었다. 마침 육아를 도와주기 위해 엄마도 한국에 와 있던 차여서 날짜를 며칠 당겨 엄마가 있을 때 조금 특별한 백일잔치를 하기로 했다. 하지만 남의 집 백일잔치를 사진으로만 몇 번 봤을 뿐 어디서부터 어떻게 준비해야 하나 막막했다. 상에 올리는 음식부터 소품까지 내가 전부 준비하는 건가? 주변 선배 엄마들에게 조언을 구하니 요즘에는 패키지로 백일 상차림에 필요한 물품을 한 번에 보내주는 서비스를 많이 이용한다고 했다. 과연 인터넷에 검색해보니 백일상, 돌상을 통째로 빌려주는 업체가 끝도 없이 나왔다. SNS에서 카탈로그처럼 펼쳐지는 사진을 보고 한 곳을 골라 패키지를 주문하는 것으로 내할 일은 끝이었다.

떡과 과일은 따로 준비해야 해서 집과 가까운 동네 떡집에 백일 떡을 주문했다. 백일 떡으로는 백설기와 수수팥떡이 필수로 들어간다. 백일과 '백' 자를 같이 쓰는(한자는 다르지만) 백설기는 아기의 장수를 기원하는 의미로 놓고, 수수팥떡은 팥의 붉은 기운이 아기의 액운을 막아준다고 해서 상에 올린다고 한다. 일본의 백일잔치인 '오쿠이조메お食い初め' 상차림에도 팥밥과 도미, 돌(아기에게 건강한 이가 나기를 기원하는 뜻) 등을 올리는데 다들 의미는 비슷했다. 앞으로 아기에게 좋은 일만 생기기를, 아이가 건강하게 오래오래 살기를 바라는 엄마의 마음은 세계 어딜 가나 똑같지 않을까.

일백 백百 자가 소담스럽게 올라간 하얀 백설기를 보니 잔치 분위기가 물씬 느껴졌다. 코로나가 아니었다면 지인들을 몇 명이라도 초대했을 텐데 아쉽지만 다음을 기약하기로 했다. 집에 도착한 백일 상차림 세트를 열자 화병과 항아리, 고추 묶음, 명주 실타래, 소반, 노리개 같은 것들이 줄줄이 나왔다. 끝도 없

(아내 대신 엄마가 되었습니다)

이 나오는 물건들을 호기심 가득한 눈빛으로 구경하며 온갖 질문을 퍼붓던 엄마는 젠이 쓸 작은 갓과 한복을 보고서는 한눈에 반한 듯 감탄을 쏟아냈다. 언젠가 한국 드라마에서 갓을 쓴 배우를 보고 젠이 갓을 쓴 모습도 보고 싶었다며, 지금 씌워보자고 호들갑을 떨었다. 엄마를 말리긴 했지만 실은 나도 친구들의 아기 백일 사진을 보면서 갓은 꼭 넣고 싶었다. 엄마의 흥분 섞인 목소리를 배경음 삼아 젠이 사용할 소품들을 마저 꺼내며 꼼꼼히 살펴보았다. 하나같이 무척 작아서 귀엽다는 말이 나도 모르게 터져 나왔다.

이윽고 젠의 백일 사진을 찍어줄 카메라맨 친구가 집에 도착했다. 내가 '형'이라고 부르는, MBC 〈사유리의 식탐여행〉 프로그램을 함께하며 친해진 카메라 감독님이었다. 이번에도 남편 대신 인복의 도움을 받았다. 형은 카메라 세팅뿐 아니라 미처 다 완성하지 못한 상차림까지 손수 도와주었다. 상차림에 필요한 물건만 모두 준비하면 나머지는 크게 어렵지 않을 줄 알았는데 과일도 떡도 정해진 개수에 맞춰 접시에 놓아야 하고 상에 올려도 되는 것과 안 되는 것이 생각보다 엄격하게 정해져 있어 시간이 꽤 걸렸다. 사진에도 상차림이 예쁘게 나와야 하니 신경 써야 할 것이 한두 개가 아니었다. 이왕 하는 것이라면 의미에 맞춰 제대로 하고 싶은 욕심에 분주하게 집 안을 오갔다. 중간중간 모르는 것은 지혜에게 전화해 묻고 업체에서 함께 보내준 매뉴얼 책자도 자세히 읽어가면서 상차림을 겨우 마쳤다.

세 사람이 거실에서 요란스럽게 잔치를 준비하는데도 다행히 젠은 방에서 세상모르고 잠에 빠져 있었다. 나는 모든 준비를 마친 후 안방으로 들어가 조심스럽게 젠의 옷을 갈아입혔다. 젠의 한복 차림은 기대했던 것보다 훨씬 잘 어울렸다. 아직 혼자 앉지도 못하는 아기를 데리고 본격적으로 사진을 촬영하는 일이 결코 쉽지는 않았지만 내게는 아주 소중한 추억이 되었다. 쉴 새 없이 셔터를 눌러 그 순간을 사진으로 남겨준 형도, 젠의 시선을 카메라로 돌리고 젠을 웃게 만들려고 딸랑이를 흔들며 이상한 춤을 추는 엄마도, 갓이 불편해 우는 젠의 사랑스러운 표정도 평생 잊을 수 없을 것 같다. 회복도 덜 된 몸으로 아기와 단둘이 자가 격리를 해야 할 내가 걱정되어 일본에서 함께 와 답답한 격리 생활까지 같이한 엄마에게도 즐거운 이벤트가 된 듯해서 기뻤다.

형이 백일상을 준비하는 나를 보면서 물었다. 백일을 맞은 기분이 어떠냐고. 젠이 세상에 태어난 후부터 지금까지, 문득

(아내 대신 엄마가 되었습니다)

잠에서 깨면 이게 다 꿈일까 봐 무서워질 때가 있다. 이렇게 행복해도 되나 싶을 만큼 행복하다. 나보다 더 소중한 존재가 생긴다는 게 이런 느낌이구나. 하루하루 더 크게 실감한다. 젠이 세상에 나온 지 백 일, 내가 엄마가 된 지도 백 일. 백 일째 사랑이 쌓여간다.

엄마 곰의 본능

아파트 지하에 불이 났다. 화재 경보가 울렸고 복도에는 매캐한 연기가 자욱했다. 베이비시터 이모님과 함께 젠과 두 강아지를 품에 안고 헐레벌떡 집 밖으로 나왔다. 극한의 공포였다. 혹여나 젠이 유독가스에 노출될까 봐 젠을 포대기로 최대한 감싸고 계단을 급히 뛰어 내려갔다. 원래 출구로 가는 계단이 이렇게 길었나? 걸어도 걸어도 출입구가 나오지 않는 느낌이었다.

가까스로 아파트 밖으로 나왔는데 그날따라 너무 추웠다. 많이 따뜻해졌다고 해도 아침저녁으로는 기온이 영하로 떨어

(아내 대신 엄마가 되었습니다)

지는 2월 말이었다. 허겁지겁 집 밖으로 뛰쳐나오느라 옷도 많이 챙겨 입지 못했다. 젠의 입술이 파랗게 변하는 게 눈에 보였기 때문에 얼른 따뜻한 실내로 들어가야 했다. 부랴부랴 강아지들을 가까운 동물병원에 맡기고 이모님과 함께 근처 프랜차이즈 카페로 들어갔다.

코로나로 인한 카페 출입 통제가 여전했기 때문에 매장에 머무르기 위해서는 QR체크인이나 신분증 제시와 수기 명부 작성을 해야 했다. 그런데 나와 이모님 둘 다 급하게 대피하느라 휴대전화도 신분증도 가지고 나오지 못했다. 직원은 QR이든 수기 명부 작성이든 해야지만 매장에 머무를 수 있다고, 둘 다 할 수 없다면 밖으로 나가달라고 요청했다.

순간 감정이 북받쳤다. 정신없이 대피하느라 신발도 제대로 신고 나오지 못했는데 휴대전화와 신분증이라니. 아기가 추워서 입술이 파래지고 있는데 이럴 때는 좀 융통성 있게 받아주면 안 되는 걸까. 상황이 상황이었던지라 감정이 격해졌다. 화재가 진화되고 사태가 일단락된 후에도 감정을 쉽사리 식히지 못하고 SNS에 글을 올리고 말았다.

젠이 태어난 후로 내 SNS는 사람들에게 큰 관심을 받고 있었다. 그러던 차에 논란거리를 스스로 던져준 셈이 되었다.

같은 상황이었다면 자신도 나처럼 했을 거라며 나를 이해한다고, 카페 직원이 내 입장을 좀 더 배려해줬다면 좋았을 것이라는 반응도 있었지만 모두가 코로나로 예민해져 있는 시기에 특정한 한 사람만 규칙에서 예외로 적용해달라는 건 무리한 요구라는 댓글도 많았다. 나를 예외적으로 받아주었다가 그 일을 계기로 카페에서 코로나 확진자가 나오거나 카페가 코로나 확산지가 되면 그 직원도 곤란한 상황에 처하게 된다고.

그제야 좁아져 있던 시야가 트이기 시작했다. 카페와 직원에게 미안한 마음이 밀려들었다. 온통 젠에게로 신경이 쏠려 있던 탓에 감정이 격해져서 다른 부분을 보지 못했다. 조금만 마음을 가라앉혔더라면 내 SNS를 수많은 사람들이 지켜보고 있다는 사실도, 그 때문에 카페와 직원이 더 난처해질 수 있다는 것도 충분히 고려할 수 있었다. 부끄러움이 밀려들었다. 내 행동 때문에 사람들이 '이래서 아기 엄마들은 안 된다'고 생각하게 되면 어떡하지. 과거의 내가 원망스러워졌다.

그길로 카페에 다시 찾아가 그날 나를 응대했던 직원에게 사과했다. 내가 그런 글을 올리는 바람에 본사에서 공식적인 입장과 답변을 내놓기까지 했으니 공연히 일을 크게 만든 것 같아 마음이 더 무거웠다. 그 직원도 누군가의 소중한 자식

〈 아내 대신 엄마가 되었습니다 〉

인데 내 아이를 지키자고, 내 아이에게만 눈이 멀어서 큰 실례를 범했다. 부디 나의 사과가 직원의 마음에 조금이나마 위로가 되기를 바라며 나는 연신 고개를 숙였다.

되짚어볼수록 그날 내 모습은 나에게도 매우 낯설었다. 평소의 나는 감정의 진폭이 크지 않다. 큰일에도 쉽게 당황하지 않는다. 젠을 낳기 전이었다면 절대 그렇게 행동하지 않았을 것이다. 공공장소에서 남에게 피해를 입히며 아기를 과잉 보호하는 엄마, 상점 종업원에게 무리한 요구를 하거나 억지를 부리는 엄마를 두고 '맘충'이라는 말을 쓴다는 이야기를 들었다. 일본에도 비슷하게 '몬스터 페어런츠'라는 말이 유행이다. 그런 단어들을 보면서도 내가 그럴 수 있으리라고는 꿈에도 상상하지 못했다. 심지어 젠을 낳은 후에도. '나는 저런 성격이 아니니까'라고 생각했다. 그런데 막상 위급한 상황에 처하니 감정을 주체할 수 없었다. 답답함과 서운함, 억울함과 화가 순식간에 머리끝까지 차올랐다. 스스로도 놀랄 만큼. 그건 아마도 내 품에 젠이 안겨 있었기 때문일 테지. 나도 이제 젠과 관련된 일이라면 쉽게 이성을 잃고 흥분할 수 있는 사람이 된 것이다.

엄마가 아이를 안고 공포영화를 보면 공포감을 두 배 이상 크게 느낀다는 이야기를 책에서 보았다. 품 안의 아기를 지키려는 보호본능이 머릿속에 경고음을 더 세게 울리는 것이다. 그 보호본능이 아이를 위해서라면 무슨 짓이라도 하게끔 시야를 차단하고 몸과 마음을 자극한다. 경험해보니 그건 이성으로 조절할 수 있는 문제가 아니었다. 그날 뼛속 깊이 깨달았다.

우연히 산에서 귀여운 아기 곰을 만나더라도 절대 가까이 가서는 안 된다고 한다. 아기 곰 주변에는 언제나 엄마 곰이 있고, 엄마 곰은 아기 곰에게 접근하는 모든 존재를 위협으로 간주해 사납게 공격한다고, 작은 아기 곰을 한번 쓰다듬어 보려다가 죽을 수도 있다고. 인간이나 동물이나 엄마의 본능이란 그런 건가 보다.

하지만 나는 얼굴이 알려진 방송인이다. 어디서든 쉽게 논란에 휘말릴 수 있다. 짧은 판단으로 '젠을 위해서' 한 행동이 젠에게 나쁜 영향을 끼칠 수도 있다. 내가 남의 말거리가 되는 건 상관없지만 젠의 이름이 사람들 입에 나쁘게 오르내리는 일은 절대 만들고 싶지 않다. 당분간은 나와 젠이 한 세트로 여겨질 테고, 그러니 더 침착하고 신중해지자. 무심코 한 행동으로 남에게 공연한 피해를 입히지 않도록 더 조심하자.

젠이 태어난 후로 나 역시 살아가는 법을 새로 배우는 어

(아내 대신 엄마가 되었습니다)

린아이가 된 것 같다. 매일 마주하는 내가 낯설고 내가 살아가는 이 세상도 새삼스럽게 느껴진다. 엄마가 되는 일이 이렇게 힘들 줄이야. 각오는 했지만 매 순간 새로운 난관이 나타나고, 새로운 다짐이 필요하다. 엄마는 어려워.

어른 자격증

"아기를 낳고 나니까 더 성숙해진 것 같지?"

"여자는 아이를 낳아야 어른이 되는 것 같아."

젠을 낳고 나서 다들 나에게 당연하다는 듯 이런 말을 해서, 출산과 동시에 어디선가 어른 자격증이라도 발급해주는 줄 알았다. 내가 외국인이라서 못 받은 건가? 아니면 분만과 동시에 계시라도 받듯이 체내에 책임감이 자동으로 생성되는 건가? 출산 이후 부쩍 늘어난 얼굴의 기미처럼, 내 이마에 '어른'이라는 글자라도 생겨난 걸까?

아기를 낳아 기른다고 바로 어른이 되는 거였다면 세상의

(아내 대신 엄마가 되었습니다)

모든 끔찍한 범죄와 문제의 절반쯤은 생겨나지도 않았을 것이다. 여자든 남자든 엄마 아빠가 되어야 어른이 된다는 말에 나는 전혀 동의하지 않는다. 그렇다면 아기를 낳아 기르지 않는 사람들은 영원히 어린아이에 머문다는 건데, 그 역시 부모가 되지 않기로 결심한 사람들에게 큰 실례가 되는 말이라고 생각한다. 아이를 낳고 그 아이가 다시 아이를 낳아 할머니 할아버지가 되어도 끝까지 미성숙한 삶을 사는 사람들이 있는가 하면 자녀를 갖지 않아도 성숙하고 책임감 있는 사람으로 사회에서, 가정에서 제 몫을 다하는 사람도 많다.

어떤 삶의 방식을 택하든 한 사람이 어른으로 성장하는지 여부는 자신의 삶에서 무엇을 배우느냐의 차이로 결정된다고 생각한다. 아이를 낳아 기르는 일이 한 사람의 인생에 커다란 영향을 미치는 건 사실이다. 하지만 모든 사람이 출산과 육아를 통해 무언가를 '배우고' 성장하는 건 아니다. 오히려 아이를 돌보다가 더 미성숙한 존재로, 나와 내 아이밖에 모르는 이기적인 사람으로 퇴화하는 경우도 적지 않다.

젠 없이 반려견 두 마리와 함께 살던 시절, 기계 오작동으로 아파트에 화재 경보가 울린 적이 있다. 오작동인 줄 몰랐던 나는 헐레벌떡 두 마리 강아지를 옆구리에 끼고 아파트 복도로 달려 나갔다. 그런데 옆집 할머니가 그런 나를 이상한 눈빛으로 보면서 물었다.

"개는 왜 데리고 나왔어?"

"어… 화재 경보가 울려서요?"

할머니의 '왜'라는 질문에 나는 당황하고 말았다. 할머니의 질문 자체를 이해하지 못했다. '왜'라니? 두 마리 강아지가 내게는 가족이고, 아파트에 불이 났다면 내가 불길을 피하는 일만큼 강아지들을 대피시키는 일도 중요하니까. '화재 경보가 울려서'라는 답 외에는 별다른 말이 떠오르지 않았다.

"개가 뭐라고, 애도 아니고."

아… 그제야 질문의 의도가 이해되었다. 애도 아니고, '별 것도 아닌' 개를 뭐 그렇게까지 챙기느냐는 면박이었다. 반려동물을 애지중지하는 모습을 못마땅하게 바라보는 사람들이 있다는 건 알고 있었지만 막상 직접 접하니 기분이 좋지 않았다. 애라면 데리고 나와야 하고, 개는 버려두고 나와도 된다는 뜻인가. 아이가 있다고 해도 나는 강아지와 아이를 모두 데리고 대피했을 텐데(실제로 그렇게 했다).

'아이를 낳아야 어른이 된다'는 말은 아마도 다른 존재의

(아내 대신 엄마가 되었습니다)

도움이 없으면 살아갈 수 없는 존재를 온전히 보살피고 책임지면서 독립된 인간으로 키워내는 일의 어려움과 위대함을 치하하는 의미일 것이다. 그 말에 내포된 양육자를 향한 존경과 경외도 이해한다. 하지만 나는 생명을 돌보는 일에 걸린 막중한 책임감을 나의 반려견 모모코와 오리코를 통해 먼저 배웠다. 누군가는 스스로를 보살피면서, 누군가는 반려견도 반려묘도 아닌 다른 생명을 보살피면서 그것을 배울지도 모른다. 나는 그 대상이 꼭 아이일 필요는 없다고 생각한다. 아이를 낳아 기른다고 해서 남들보다 대단한 일을 하고 있다고 우월감을 갖는 태도도, 아이가 없으니 미성숙한 인간이라고 낮추어 보는 태도도 분명 잘못된 것이다.

공교롭게도 내게 '아이를 낳아야 어른이 된다' 같은 말을 했던 이들은 모두 '아이를 낳아 기르고 있는 나'를 과시하려고 했다. 요즘 일본에서는 '마운트를 취하다マウントをとる'라는 인터넷 용어가 유행이다. 자신의 생각이 옳다고 으스대고 과시하며 잘난 척하는 행동을 의미한다. 내게 '부모가 되어야만 진정으로 성장한다'고 했던 사람들은 '아이를 낳지 않은 너는 아직 어린아이다'라는 눈으로 '마운트를 취하려고' 했다. 내가 너보다 어른이라고 잘난 척을 하다니, 이보다 더 어른답지 못한 행동이 또 있을까.

　이제 그런 사람을 만나면 누가 얼마나 아이 같고 어른 같은지를 생각하며 감정을 소모하는 대신, 집에 돌아가 젠과 오리코와 사랑이를 한 번 더 세게 안아주어야겠다.

〈 아내 대신 엄마가 되었습니다 〉

외국인, 연예인, 싱글맘, 워킹맘

　　나는 외국인이다. 고등학생 시절부터 타국 생활을 시작했는데 한국에 들어와서 외국인이라는 정체성을 유럽에 살 때보다 더 강하게 느끼는 것은 아마도 나의 방송 데뷔 프로그램이 〈미녀들의 수다〉였기 때문이리라. 15년 이상 한국에서 살아왔고 '한국인 다 되었다'고 느낄 때도 많아서 이제 일본으로 돌아가 살기는 어렵지 않을까 생각하지만 여전히 한국에서 나의 가장 큰 정체성은 '외국인'인 듯하다. 나쁘지 않다. 그리고 그게 사실이니까. 앞에서도 말했듯이 내가 외국인이 아니라 한국 태생이었다면 나의 비혼 출산이 이렇게 쉽게 받아들여지지 않았을 것이다.

젠의 가장 큰 정체성도 외국인이 되겠지. 일본인인 내가 낳았고 서류상 국적이 일본인이니까. 한국에서 성장기의 대부분을 보내며 한국어를 모국어로 사용하고 나중에 한국 국적을 취득한다고 해도 외국인이라는 정체성을 쉽게 벗기는 어려울 것이다. 거기다 젠은 파란 눈동자를 가진 백인 혼혈. '왜 백인인데 영어를 못 해'라는 시선까지 받게 될지 모른다. 물론 다른 유색인종보다는 차별이나 배제가 덜하겠지만 혼란이 적지는 않을 것이다. 혼혈인 아이가 가장 힘들어하는 부분이 어느 한쪽에 완전히 소속되지 못하는 소외감이라고 한다. 그때 젠에게 조금이나마 도움이 될 수 있도록, 그동안 내가 외국인으로서 겪었던 혼란이나 어려움을 잘 기억해뒀다가 젠에게 좋은 '외국인 선배'가 돼주어야겠다고 생각했다. 내가 외국인이어서 참 다행이다.

나는 연예인이다. 젠을 낳기 전에도 길을 걷다 보면 몇몇 사람들이 나를 알아보고 인사를 하거나 말을 걸어왔는데, 출산을 공개한 이후에는 부담스러울 정도로 많은 관심을 받고 있다. 나의 소소한 일상부터 육아 방식까지 일거수일투족이 일반에 공개되고, 별것 아니라고 생각한 작은 일도 큰 화제가 된다. 나는 내 일을 매우 좋아하기 때문에 앞으로도 사람들이 찾아준다면 가능한 한 오래 방송 일을 하고 싶지만 걱정되는 부분도 많다. 젠이 조금만 더 자라면 텔레비전으로 내가 하는 일을 보고, 사람들이 나에 대해 말하는 것을 듣게 될 텐데, 그때 젠이 나를 이해해줄까? 자신에게 허락도 구하지 않고 '슈돌'에 함께 출연하기로 결정했다고, 나중에 화를 내면 어떡하지?

나는 싱글맘이다. 젠의 유일한 양육자이자 보호자이고 엄마이자 아빠다. 젠에게는 오로지 나뿐이다. 그 사실이 무서워질 때가 있다. 그렇다고 젠에게 아빠를 만들어주기 위해 결혼하고 싶지는 않다. 그런 이유로 나의 감정이나 마음을 희생하고 싶지 않다. 젠도 그걸 바라지는 않을 것이다. 싱글인 상태를 끝까지 유지할 의향은 없고 자연스럽게 마음이 깊어지는 상대가 생긴다면 억지로 막을 생각도 없지만 지금 상황에서 남자친구나 남편을 만들기는 현실적으로 쉽지 않다. 젠의 존재를 온전히 이해하고 받아들여줄 남자가 많지 않을 것 같다. 나 역시 지금은 젠에게 집중하느라 다른 사람에게로 눈길을 돌릴 틈이 없다. 새로운 인연을 만들기가 아직은 버겁다. 시간이 많이 흘러 젠이 성인이 되고 내게서 독립할 즈음이 되면 '차라리 엄마에게 남자친구가 생기면 좋겠다'고 생각하게 될지도 모른다. 내 짝은 그때 가서 다시 찾아보지 뭐. 신혼 생활은 그때 실컷 즐기자. 당분간은 젠이랑 둘이서 행복하고 싶다.

나는 워킹맘이다. 우리 집에서 유일하게 경제활동을 하는 가장이다. 한국에 돌아와서는 거의 곧바로 방송에 복귀했고, 우는 아기를 뒤로하고 매주 일터에 나가고 있다. 사람들이 생각하는 것만큼 수입이 많지는 않다. 어린아이를 남부럽지 않게 키울 수 있는 정도는 아니다. 그래도 젠에게 부끄러운 일은 하지 말자고 매일 스스로에게 다짐한다. 나의 직업 특성상 많은 곳에서 유혹의 손길을 내민다. 내가 그동안 일하며 받아왔던 돈보다 훨씬 큰 액수를 부르며 일을 제안해오는 곳도 있고, 큰 금액의 협찬 의뢰도 꽤 들어온다. 하지만 쉽게 돈을 벌기 시작하면 욕심이 생긴다. 지금껏 외국인으로 연예계에서 오래 활동하며 작은 사기 한번 당하지 않았던 데는 내가 욕심을 부리지 않았던 이유도 크다. 아무리 대단한 사기꾼이라도 욕심이 없는 사람을 속일 수는 없는 법이니까. 엄마가 되었다고 이 원칙을 버릴 수는 없다.

《 아내 대신 엄마가 되었습니다 》

더러운 돈은 사람을 병들게 한다. 어릴 적부터 귀에 못이 박히도록 들었던 말이다. 사람들은 출처를 알 수 없는 피 한 방울을 몸 안에 넣는 것은 극도로 두려워하면서 작은 돈은 쉽게 취하려고 한다. 출처 모를 그 돈이 내 삶에 어떤 질병을 일으킬지 알지도 못하면서. 젠이 태어난 후로 이런 생각이 더 강해졌다. 젠에게 부끄러운 엄마가 되고 싶지 않다. 젠이 자랐을 때, 돈 때문에 병들어 있는 엄마를 보여주고 싶지 않다. 그러니까 정신을 똑바로 차려야 한다. 평범한 직장인이 아니니까 더욱더.

젠이 태어난 후로 나에 대해, 내가 누구인지에 대해서도 더 자주 생각하게 된다. 출산 이후 바뀐 부분도 있고, 그대로인 부분도 있다. 하루가 다르게 커가는 젠처럼, 내 모습도 조금씩 변화하는 것을 느낀다. 지킬 것은 지키고, 바꿀 것은 바꿔가면서 젠과 한 발 한 발 걸어 나가려고 한다. 내일은, 한 달 뒤에는, 1년 뒤에는 어떤 사유리와 젠이 되어 있을지, 무척 기대된다.

다음에 올 사유리에게

〈與 '비혼 임신' 합법화 법률 검토 착수… '사유리법' 만드
나〉〈'비혼 출산' 사유리에 정부가 답했다… "모든 형태의 가족
지원"〉

나와 젠의 이야기가 9시 뉴스 메인에 등장할 때도 어안이
벙벙했는데, 신문 사회면에 잇달아 내 이름이 오르내리는 걸
보면서 마음이 심란했다. 나는 사회운동가도 정치인도 아닌데,
자꾸 사람들에게 사회적 아이콘으로 비춰지는 게 부담스러웠
다. 유명한 정치인이 내 이름을 언급하는 게 무섭기도 했다. 내
자리가 아닌 자리에 억지로 앉아 있는 것 같은 불편함이었다.

(아내 대신 엄마가 되었습니다)

나는 사회적 파장을 불러일으킬 요량으로 젠을 낳은 것이 아니다. 정치적으로 큰 뜻이 있어서가 아니라 오로지 나의 개인적인 행복을 위해, 나 좋자고 임신과 출산을 택했다. 그 사이에 결혼이라는 과정을 밟지 않은 것뿐이다. 그동안 드러내놓고 이런 시도를 했던 사람이 없어서 그렇지 엄청나게 미친 짓이라고는 생각하지 않았는데 내 이름을 대면서 제도도 법안도 바꾸겠다고 하니 당황스러웠다. '사유리법'이라니? '김영란법' 할 때 그 김영란 대법관님 이름 대신 내 이름이라니, 으악.

그렇지만 분명 반가운 변화였다. 비혼 여성의 체외 수정 시술을 사실상 막고 있는 산부인과학회의 지침이 수정되도록 국회가 보건복지부에 조정을 요청한단다. '혼인·혈연·입양'으로만 규정된 법률상 가족 개념을 확대하고 해당 법안을 전면적으로 손보겠다는 계획도 나왔다. 한국에서 가족 문제는 지극히 개인적이면서도 보수적인 주제이기 때문에 갈 길이 멀다고는 하지만 어쨌든 첫걸음을 뗐다.

앞으로는 한국의 산부인과에서도 결혼하지 않은 여성이 시험관 시술을 받는 일이 가능해질지도 모른다. 만약 나와 같은 선택을 하는 다음 사람이 있다면 산부인과에서 단호한 거절의 말을 듣지 않아도 된다. 내가 경험한 좌절과 막막함을 겪지 않아도 된다. 그 '다음'이 또 내가 될 수도 있다. 반 정도는 농담이지만 젠과 같은 방식으로 둘째를 가질 때에는, 한국에서 시험관 시술을 받을 수도 있다. 그때 얼려둔 내 난자를 사용하게 될지도 모른다. 나쁘지 않은걸?

또 나와 같은 싱글맘 가족뿐 아니라 아빠와 아이로 이루어진 미혼부 가족도 법률상 가족으로 인정받기 더 쉬워질 수 있다. 부모를 잃은 많은 어린아이들이 새로운 엄마나 아빠를 더 빨리 찾게 될지도 모른다. 대의라는 거창한 말은 부담스럽지만 나를 계기로 몇 사람이 조금 더 편하게, 행복하게 살 수도 있다고 생각하니 기뻤다. 내 다음에 올 사람들에게, 앞으로 젠이 살아갈 세상에 조금이나마 도움이 된 것 같아 뿌듯했다.

이런 흐름은 내가 아니어도 곧 시작되었을 거라고 생각한다. 아니, 이미 시작되어 있었는지 모른다. 서양의 많은 국가가 동성 부부의 임신과 출산까지 법제화하고 있고, 여전히 논란이 있지만 대리모를 통해 아이를 출산했다고 밝힌 할리우드 인사들도 여럿이니까. 다양한 가족 형태 역시 1인 가구부터 동거 중인 커플까지 우리 사회 구성원들에게 익숙해진 지 오래다. 그러니 제도나 법에 변화가 생기는 것은 당연한 순서였다. 우연히 내가 젠이라는 존재 덕분에 코앞에 닥친 그 변화의 문을 톡

(아내 대신 엄마가 되었습니다)

톡 두드린 것뿐이다. 노크 소리가 좀 커서 쑥스러워 그렇지.

사명감으로 한 일도 아닌데 젠 덕분에 나만 기분 내는 것 같아 괜스레 민망해지기도 한다. 지금의 벅차오르는 감정을 잊지 말고 젠이 자라면 꼭 이야기해줘야겠다. 엄마가 젠을 가져서 사람들이 조금 더 행복해졌다고. 엄마가 네 덕분에 좋은 사람이 되었다고. 정말 고마워, 젠.

⬟ 자고 있는 젠을 바라보면 마음이 평온해진다. 나보다 소중한
존재가 있다고 생각하니 전보다 나를 더 사랑하고 아끼게 된다.
젠을 위해서 엄마도 열심히 살게. 젠도 나 자신도 열심히 돌볼게.

♠ 힘들지만 즐거웠던 백일잔치. 젠이 세상에 나온 지 백 일, 내가 엄마가 된 지도 백 일. 백 일째 사랑이 쌓여간다.

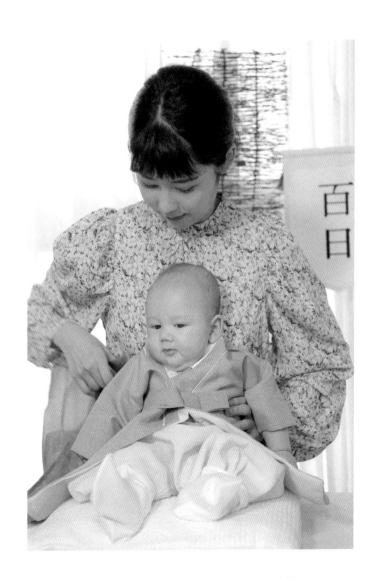

百
日

♠ 안을 수 있을 때, 업을 수 있을 때 실컷 안아주고 업어주고 싶다. 젠이 조금만
천천히 자라면 좋겠다고 가끔 생각했다.

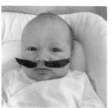

🏠 강아지 두 마리, 아기 하나, 엄마 하나. 대가족입니다. 가장의 어깨 무겁다. 그래도 함께라면 매일매일이 즐거워. 모두와 함께하는 내일이 기대돼. 가족이 되어줘서 고마워.

아내 대신 엄마가 되었습니다

초판 1쇄 인쇄 2021년 9월 17일
1쇄 발행 2021년 9월 29일

지은이 사유리
펴낸이 김선식

경영총괄 김은영
기획편집 김은하 **디자인** 심아경 **크로스교정** 조세현 **책임마케터** 박지수
콘텐츠사업3팀장 한나비 **콘텐츠사업3팀** 심아경, 이승환, 김은하, 김한솔
마케팅본부장 이주화 **마케팅1팀** 최혜령, 오서영, 박지수
미디어홍보본부장 정명찬 **홍보팀** 안지혜, 김재선, 이소영, 김은지, 박재연, 오수미, 이예주
뉴미디어팀 허지호, 임유나, 배한진 **리드카펫팀** 김선욱, 염아라, 김혜원, 이수인, 석찬미
저작권팀 한승빈, 김재원
경영관리본부 허대우, 하미선, 박상민, 김민아, 윤이경, 이소희, 이우철, 김재경, 최완규, 이지우, 김혜진
외부스태프 정유민구성, 장봉영 스튜디오표지 사진, A-Studio본문 사진, 이선영본문 사진

펴낸곳 다산북스 **출판등록** 2005년 12월 23일 제313-2005-00277호
주소 경기도 파주시 회동길 490 **전화** 02-704-1724 **팩스** 02-703-2219
이메일 dasanbooks@dasanbooks.com **홈페이지** dasan.group **블로그** blog.naver.com/dasan_books
종이 IPP **인쇄** 민언프린텍 **제본** 정문바인텍 **후가공** 제이오엘앤피

ISBN 979-11-306-4134-8 (03810)

다산북스(DASANBOOKS)는 독자 여러분의 책에 관한 아이디어와 원고 투고를 기쁜 마음으로 기다리고 있습니다. 책 출간을 원하는 분은 다산북스 홈페이지 '투고원고'란으로 간단한 개요와 취지, 연락처 등을 보내주세요. 머뭇거리지 말고 문을 두드리세요.